LA DOTTRINA DELLE DUE ETICHE DI H. SPENCER E LA MORALE COME SCIENZA

ERMINIO JUVALTA

© 2023 Culturea Editions

Texte et illustration de couverture : © domaine public
Edition : Culturea (Hérault, 34)
Contact : infos@culturea.fr
Retrouvez notre catalogue sur http://culturea.fr
Imprimé en Allemagne par Books on Demand
Design typographique : Derek Murphy
Layout : Reedsy (https://reedsy.com/)

Dépôt légal : janvier 2023
Tous droits réservés pour tous pays

ISBN : 9791041846177

Parte prima
Capitolo I

(Esposizione)

Pubblicando nel giugno del 1879 I dati dell'Etica prima che fossero composti il secondo e il terzo volume dei Principi di Sociologia, lo Spencer giustificava questa deviazione dall'ordine del suo programma col timore di non poter compiere l'opera finale della serie: I principi di Etica.

"Degli indizi che in questi ultimi anni si ripetono con maggior frequenza e chiarezza m'hanno avvertito che la salute, se non la vita, mi può venir meno per sempre, prima che io compia l'ultima parte del compito che ho assegnato a me stesso. Quest'ultima parte è quella per la quale io considero come sussidiarie tutte le parti precedenti. Il mio primo Saggio su L'ufficio proprio del Governo scritto fin dal 1842 indicava vagamente il mio pensiero intorno a certi principi generali di bene e di male nella condotta politica; e da quel tempo in poi il mio fine ultimo, lasciando indietro tutti i fini prossimi è stato quello di trovare una base scientifica ai principi del giusto e dell'ingiusto nella condotta in tutta la sua estensione. Lasciare incompiuto questo fine, dopo aver fatta una preparazione così ampia per raggiungerlo, sarebbe una sventura alla cui probabilità non posso pensare senza sgomento; e sono ansioso di evitarla, se non del tutto, almeno in parte".

Qualche cosa di simile alla catastrofe preveduta sopraggiunse infatti; perché dopo un lento decadimento e indebolimento progressivo egli fu costretto dall'86 al 90 a sospendere qualsiasi lavoro. Fortunatamente nel 90 poté riprenderlo: ed anche allora, la sua prima preoccupazione fu quella di compiere i Principi di Etica; e pose subito mano a quella parte della Morale, che dopo i Dati gli pareva più importante: la quarta (Giustizia)

Colle parole e col fatto egli mostrava dunque che l'intento supremo al quale consapevolmente convergevano tutti i risultati della sua speculazione, era un intento morale. Par che riecheggi in lui la voce di Spinoza: Finis in scientiis est unicus ad quem omnes sunt dirigendae. E in realtà, come le idee madri della sua teoria penetrano e illuminano tutti gli scritti suoi, anche i minori, così vi circola dentro e li riscalda il soffio vigoroso del suo ottimismo; e la dottrina dell'evoluzione par che diventi nel suo pensiero soprattutto la comprensione del processo naturale e necessario che produrrà in un avvenire lontano ma sicuro una umanità giusta e felice. Animata così di speranza, la dottrina prende colore di fede. E veramente egli la professò come una fede; non soltanto visse per la sua dottrina, ma visse la sua dottrina. E i principi che pone a fondamento della morale e del diritto, e di cui vuol trovare le ragioni nelle leggi stesse dell'universo, ispirano e governano con indomita costanza tutti i suoi giudizi e tutte le sue opinioni, da quelle sulla Educazione a quelle sull'Etica delle carceri, dalle idee sulla Morale politica assoluta alle proteste contro il "brigantaggio politico", dalle ironie contro "la Sapienza collettiva" a quelle contro "i diecimila sacerdoti della religione d'amore che non apron bocca quando la nazione è mossa dalla religione dell'odio".

Quella unità e solidarietà di principi teorici e pratici, per cui la sua morale si presenta come scienza e la sua scienza come una morale, e questo continuo cimentare che egli faceva i suoi principi con tutti i problemi più vivi del suo tempo, onde la sua dottrina pareva prender veste di programma sociale e politico, hanno certamente contribuito a produrre questo doppio effetto: che la preoccupazione morale si insinuasse anche nella critica delle sue dottrine teoriche; e che l'opera sua, considerata prevalentemente, se non talora quasi esclusivamente, come l'espressione di certe tendenze e di un certo indirizzo religioso morale economico politico, apparisse, col prevaler di tendenze e di aspirazioni diverse, invecchiata e oltrepassata di più, e più presto, di quel che altrimenti sarebbe apparso.

E così poté facilmente accadere che anche certi principi, certi metodi e certe ipotesi fossero lasciati in disparte, o si stimassero superati e come logori e fuori d'uso, non perché se ne fosse mostrata la falsità o la infondatezza, ma perché apparivano connessi e solidali con quel sistema o quell'indirizzo che si giudicavano superati.

Ora se è vero che a intendere il significato e il valore di una dottrina particolare è necessario considerarla nelle relazioni col sistema di dottrine di cui fa parte, non è perciò meno legittimo considerare se essa possa aver valore e segnare un acquisto, anche all'infuori della validità di quel sistema e di quelle altre dottrine, colle quali primamente si svolse.

L'intento di questo scritto è appunto di esaminare il valore teorico e metodico della distinzione tra Etica assoluta ed Etica relativa; la quale è bensì, nel pensiero dello Spencer, parte integrante del suo sistema, ma ha, secondo il mio avviso, ragione di essere, indipendentemente dall'applicazione che egli ne fa e dai postulati che l'hanno suggerita.

Perciò si divide naturalmente in due parti: espositiva e critica; la prima rivolta a mettere in chiaro le ragioni e il significato della distinzione nel pensiero dello Spencer; la seconda a esaminare la possibilità e la utilità di mantenerla e applicarla sotto una forma diversa.

L'esposizione comprenderà pure necessariamente due parti: una che richiama, in modo breve quanto è possibile ma esatto, il concetto informatore e i lineamenti fondamentali di tutta l'Etica; l'altra che traccia più distesamente la dottrina particolare esaminata.

Quella legge di evoluzione, che si manifesta nell'intero universo visibile, nel sistema solare come un tutto, nella Terra come parte di questo, nella vita in generale, e nella vita di ciascun organismo individuale, nei fenomeni mentali degli esseri animati fino al più elevato; quella stessa legge si manifesta nei fenomeni della vita umana e sociale e quindi anche in quei fenomeni della condotta, dei quali tratta la morale. In conformità di questa legge e delle leggi via via subordinate in cui essa si rifrange, si produce una elevazione progressiva nelle forme della vita sub-umana ed umana, la quale si traduce in un adattamento sempre migliore, più esteso e più durevole alle condizioni da cui dipende l'esistenza dell'individuo, e l'esistenza della specie; e, dove la vita sociale apparisca, l'esistenza della società. Per l'uomo adunque l'adattamento riguarda tre ordini di condizioni; ossia è di tre forme; e, benché si possa astrattamente considerare ciascuna forma per sé, tuttavia, per la connessione naturale e necessaria dei fattori dai quali dipendono, le tre forme d'adattamento nella realtà procedono di conserva con mutue azioni e reazioni continue; cosicché a ogni progresso in una forma di adattamento corrisponde un progresso nelle altre forme. Il limite, verso il quale tende questo processo, è l'adattamento completo a tutte le condizioni della vita umana più elevata; per il quale il massimo svolgimento della vita individuale, e della parentale, e della sociale, non solo si conciliano, ma si favoriscono a vicenda.

Questo adattamento completo implica non soltanto una perfetta conformità esteriore dell'operare alle esigenze di una tal vita; Ma implica del pari una conformità correlativa e della struttura e delle attività, fisiologiche e psichiche; è insomma ad un tempo adattamento della condotta e adattamento dei fattori interni della condotta. Quindi anche le idee, i sentimenti, le tendenze sono, nella loro qualità e intensità e gradi di subordinazione, pienamente adatti e conformati ai bisogni e alle esigenze della vita in tutte le sue manifestazioni, e trovano nelle forme di condotta corrispondenti il loro appagamento pieno e concordante. Il che viene a dire che l'adattamento completo attua in sé le condizioni della massima felicità.

Adunque, massima elevazione della vita, adattamento completo, massima felicità, sono per lo Spencer tre concetti che coincidono; o, meglio, sono facce o aspetti diversi di un medesimo risultato finale, ed esprimono il limite verso il quale tende l'evoluzione della vita umana nello stato sociale.

È appunto per questa identificazione, che sta in fondo al pensiero dello Spencer, tra evoluzione e aumento di felicità, che egli può porre come ottima la condotta rispondente al limite della evoluzione. Perché lo Spencer, come è noto, ammette esplicitamente che il fine ultimo, espresso o sottinteso, dell'operare, non può essere che una forma di coscienza desiderabile, cioè di piacere; e che la condotta è buona nella misura che essa apporta, tenuto conto di tutti gli effetti presenti e futuri sopra di sé e sopra gli altri, un avanzo dei piaceri sui dolori.

Totalmente buona, dunque, o perfetta, non è che la forma di condotta che corrisponde a quel limite; ogni altra forma diversa, ossia adatta a gradi di evoluzione più o meno lontani dal limite, non può essere che imperfetta, ossia buona relativamente, non assolutamente. Quindi due Etiche: Etica assoluta che determina le leggi della condotta ottima; ed Etica relativa che cerca di stabilire per approssimazione quale sia la condotta relativamente buona, ossia la condotta, che, date certe condizioni reali di svolgimento e di adattamento incompleto, è la migliore, o la meno lontana dalla condotta perfetta. E quindi la necessità, e la priorità logica dell'Etica Assoluta; le cui determinazioni riguardano relazioni più generali, più semplici, più esattamente definite di quelle contemplate. dall'Etica relativa.

Or come si costruirà l'Etica assoluta? ossia quale sarà il metodo? Lo Spencer si accorda cogli utilitaristi che lo precedono nell'assumere, come criterio per giudicare la condotta e determinarne le norme, la natura degli effetti o dei risultati. Ma se ne distingue subito per il procedimento col quale egli crede che questi effetti dei diversi modi di condotta si possano e debbano conoscere. Per gli utilitaristi che lo precedono è l'induzione empirica, per lui la deduzione.

Non si tratta per lo Spencer di trovare che, in un certo numero di casi, certi danni o certe utilità si accompagnano con certi atti o cert'altri, e di inferirne che rapporti simili si manterranno nell'avvenire; si tratta invece di determinare come e perché alcuni modi di condotta siano dannosi e altri utili; o più chiaramente, quale condotta debba essere dannosa e quale debba essere utile. Non è dunque sopra certe relazioni empiricamente osservate, ma sulla connessione causale necessaria tra le azioni ed i loro effetti che deve fondarsi la determinazione delle norme morali. E, poiché questa connessione deve essere alla sua volta una conseguenza necessaria della costituzione delle cose, deve essere possibile dedurre da principi fondamentali quali specie di azioni tendano a produrre felicità e quali a produrre infelicità. E le deduzioni così ottenute debbono essere riconosciute come leggi di condotta e aver valore indipendentemente da una estimazione diretta (individuale e occasionale) del piacere e del dolore.

Ciò che distingue adunque l'utilitarismo, che lo Spencer chiama razionale, dall'empirico, e dà carattere di rigore scientifico alla ricerca morale, è il riconoscimento pieno e adeguato della causalità naturale dei fenomeni della condotta; e il vero metodo scientifico dell'Etica, come delle altre scienze che abbiano superato lo stadio empirico, deve consistere nel cercare e nel costruire in sistema non alcune relazioni empiricamente stabilite, ma le relazioni necessariamente esistenti tra cause ed effetti in tutta quanta la condotta.

Ma se le leggi della condotta debbono determinarsi per deduzione necessaria, quali sono i dati sui quali questa deduzione deve fondarsi? I fatti di cui si occupa l'Etica non costituiscono un ordine nuovo che si distacchi da un ordine inferiore o precedente, come, per es., le formazioni organiche rispetto alle inorganiche, o i fenomeni sociali rispetto ai biologici: ma appartengono per un verso alla biologia in quanto sono effetti interni ed esterni di fenomeni vitali prodotti nel tipo più elevato degli animali; e per un altro alla psicologia in quanto sono coordinamenti di azioni suscitati dai sentimenti e guidati dalla intelligenza; finalmente, in quanto queste azioni direttamente o indirettamente riguardano esseri associati, appartengono alla sociologia. La condotta è adunque ad un tempo una formazione biologica, una formazione psichica, e una formazione sociale: e perciò è nei risultati delle scienze corrispondenti che si devono cercare i principi fondamentali, i dati dell'Etica. E quindi i dati da cui si debbono dedurre le norme dell'Etica assoluta sono forniti dalle condizioni che la biologia, la psicologia e la sociologia indicano rispettivamente come proprie di un adattamento completo.

Ora, in conformità alle leggi di queste scienze la condotta corrispondente a un adattamento completo, ossia la condotta ottima, è caratterizzata dalle condizioni che si possono riassumere nei seguenti tre punti:

La condotta ottima è dunque quella che soddisfa a tutte queste condizioni ad un tempo; e però compito dell'Etica assoluta resta quello di dedurre da queste condizioni le norme a cui tutte le forme di attività umana, a qualunque fine siano volte, debbono conformarsi per essere totalmente buone.

Per tal modo sono determinati i principio i dati sui quali deve costruirsi l'Etica assoluta: le condizioni della vita umana, individuale, parentale e sociale, proprie dello stato di adattamento perfetto; è determinato il metodo: la deduzione; ed è posto fuori di contestazione il fine ultimo che giustifica le norme così dedotte e dà alla condotta proposta valore di ottima: la massima felicità universale.

Ma restano due grandi difficoltà: una incoerenza, almeno apparente, da togliere, e una lacuna da colmare. L'incoerenza è questa: Come si può sostenere che il fine della condotta buona è la felicità, se le norme di essa condotta devono essere dedotte dalle leggi necessarie della vita nello stato sociale, e devono valere indipendentemente da ogni estimazione diretta e individuale del piacere e del dolore? O, in altri termini, come si risolve l'antitesi tra il fine assunto e il metodo proposto?

La lacuna è la seguente: Le condizioni che si pongono come proprie della condotta ottima e che la deduzione morale deve prendere come dati, sono esse possibili, o non esprimono delle esigenze in tutto o in parte incompatibili fra di loro? Insomma quello stato finale di adattamento completo sotto tutti i rispetti, nel quale le condizioni contemplate sono raggiunte, in qual modo e per qual via può ottenersi?

L'incoerenza è risolta così: Il fine è la felicità; ma questa, a mano a mano che la vita si eleva, dipende da una serie sempre più lunga e complicata di mezzi, ciascuno dei quali deve essere raggiunto perché sia possibile il fine. Le norme morali rappresentano la serie più generale e preliminare di mezzi, appunto perché costituiscono la serie più lontana dal fine, e quella che deve essere osservata prima di tutte le altre; la condizione delle altre condizioni. Ora siccome tutte le attività necessarie alla vita tendono a diventare una sorgente diretta di piacere (perché i piaceri sono relativi alla struttura e questa si modifica secondo le attività), così le forme di attività morale, appunto perché necessarie, debbono diventare una sorgente diretta di piacere. Per tal modo, l'osservanza delle condizioni che conducono alla felicità diventa direttamente piacevole, ed è adempiuta, senza che essa felicità (che rimane il fine ultimo) sia lo scopo diretto e immediato della condotta; ossia (ed è un pensiero che fa ricordare Aristotele) lo stato di godimento finale sopraggiunge come una conseguenza, non direttamente voluta né chiaramente rappresentata, all'esercizio delle attività morali divenuto per sé immediatamente gradevole.

La soluzione della seconda difficoltà, derivante dalla lacuna notata, si trova nella conciliazione oggettiva, tra bene proprio e bene altrui, e nella conciliazione soggettiva, tra egoismo e altruismo, raggiunte per effetto e della solidarietà crescente tra le condizioni di vita dei singoli e quelle del tutto, e dello sviluppo concomitante della simpatia.

Colla soluzione di queste due difficoltà lo Spencer intende dunque che sia dimostrata la possibilità - dal punto di vista scientifico - e la legittimità - dal punto di vista morale - della sua costruzione; e con questa dimostrazione il pensiero che informa la trattazione dell'Etica è, nelle sue linee generali, compiuto.

Ed ora, tracciato il disegno in cui si inquadra la dottrina particolare che più direttamente ci interessa, diciamo alquanto più distintamente di questa.

Capitolo II

S'è visto come nel pensiero dello Spencer la condotta ottima sia la condotta pienamente adatta, la condotta che corrisponde al limite dell'evoluzione; mentre le forme di condotta più o meno lontane da quel limite sono, di molto o di poco, meno adatte, cioè meno buone; onde la distinzione di Etica assoluta ed Etica relativa. Ora si presentano spontanee due domande:

1° Perchè introduce lo Spencer, contro il modo comune di comprendere l'ufficio dell'Etica, questa distinzione tra Morale assoluta e relativa? Non è forse compito dell'Etica quello di stabilire le norme della condotta retta, della giustizia pura, e, senza curare gli impedimenti e le imperfezioni che i difetti della natura umana possono ingenerare, presentare il tipo ideale di perfezione al quale ciascuno deve cercare di avvicinarsi? E se così è, non è del tutto oziosa e viziosa la distinzione?

2° Ammesso che dal punto di visti speciale dello Spencer questa distinzione sia legittima, non è fuor d'opera l'Etica assoluta, dal momento che la realtà presente ci dà uno stato di adattamento imperfetto, ossia assai diverso da quello che essa suppone?

L'esposizione del pensiero dello Spencer intorno alle due Etichemi pare si possa acconciamente raccogliere in due parti, nelle quali trovi successivamente risposta ciascuna delle due questioni. Cominciamo dalla prima.

Si crede comunemente che si possa determinare un tipo di condotta assolutamente giusta in condizioni reali di esistenza imperfetta, mentre questa determinazione non è possibile; e, se fosse, non darebbe il tipo voluto. Sia nei giudizi dei moralisti, sia nei discorsi comuni, due postulati sono tacitamente accettati come veri; e pare infatti che senza di essi non sia possibile giudizio morale, perché la distinzione stessa fra atti giusti e atti ingiusti sembra implicarli necessariamente. Sono questi: 1° Che in ogni caso vi sia un modo di operare assolutamente giusto. 2° Che sia possibile stabilire quale sia. Ma l'analisi di un gran numero di azioni dimostra che in casi assai numerosi non è possibile il giusto, ma soltanto un minimo ingiusto; e in casi pure numerosi non è nemmeno possibile determinare in che cosa questo minimo ingiusto consista.

Il giusto assoluto esclude del tutto il dolore, che è il correlativo di qualche specie di male, di qualche divergenza da quell'adattamento perfetto che soddisfa pienamente a tutte le esigenze della vita completa. Se il concetto di condotta buona è, in ultima analisi, il concetto di una condotta che produce in qualche parte un avanzo di piacere; e di condotta cattiva, che produce un avanzo di dolore; il bene o il giusto assoluto nella condotta può esser quello soltanto che produce piacere puro, piacere non misto a dolore di sorta. E quindi la condotta che produce qualche conseguenza dolorosa è parzialmente cattiva, e la forma più elevata che una condotta cosiffatta può raggiungere è il minimo ingiusto, il giusto relativo.

Ora le forme di adattamento incompleto presentano, più o meno vasto e grave, un doppio difetto: Discordanza od antitesi fra i tre ordini di fini della vita, per la quale atti che producono utilità o piacere all'individuo o alla prole portano danno e dolore agli altri, e viceversa; e discordanza anche nello stesso ordine tra fini immediati e mediati, presenti e futuri; per la quale l'azione richiesta dall'utile avvenire può esser sorgente di dolore nel presente, o la soddisfazione di un desiderio immediato può impedir di raggiungere un bene lontano e mediato, o esser causa di un male futuro. Nella misura in cui queste due specie di incongruenze (le quali si incrociano e si complicano fra di loro) fanno sentire i loro effetti, le azioni devono produrre una certa somma di dolore sia sull'agente sia sugli altri. Ora "finché v'è dolore v'è male; e la condotta che apporta qualche male non può esser giusta assolutamente".

A chiarire questa distinzione lo Spencer cita degli esempi di azioni assolutamente giuste e di altre solo relativamente giuste. Una madre sana che allatta un bimbo sano, un padre che, dotato di eccitabilità simpatica, partecipa ai giuochi del figlio e li guida, sono esempi della prima specie; nell'un caso e nell'altro l'azione produce piacere a chi la fa e a chi la riceve; e aiutando lo sviluppo fisico, o quello psichico, o l'uno e l'altro insieme, è utile al benessere futuro; cioè produce direttamente e indirettamente soltanto piacere senza dolore. Del pari uno scambio fatto di pieno accordo e con soddisfazione e utilità reciproca; e gli atti di benevolenza di chi fornisce una notizia o un consiglio, o chiarisce un equivoco, o compone un dissidio tra amici, possono essere classificati come giusti assolutamente per la medesima ragione.

Degli esempi addotti dallo Spencer di azioni solo relativamente giuste, scelgo due che mi paiono tipici anche per il contrasto che offrono col modo di giudicare comune: la cura di molti figli cagiona a una madre assai dolori, ma le sofferenze immediate e le lontane che l'incuria apporterebbe, supererebbero di gran lunga quei dolori. La condotta giudicata buona in questo caso è quella che produce minor male; ma non è ottima. È la meno ingiusta, non l'assolutamente giusta. Così l'allontanamento dei clienti da un negoziante che esiga prezzi troppo alti o venda merci scadenti, o falsi la misura, fa diminuire il suo benessere e forse apporta danni e dolori ad altre persone a lui congiunte; ma il salvar lui da questi mali e sopportar quelli che la sua condotta cagiona, produrrebbe un male assai più grave e generale. L'abbandono è perciò giustificato; ma l'atto è solo relativamente giusto.

Riconosciuta così la verità che una gran parte della condotta umana non è giusta assolutamente, si deve riconoscere l'altra verità che in molti casi non è possibile stabilire quale sia il minimo ingiusto. È facile trovarne le ragioni, se si considerano gli effetti che quella stessa discordanza, già rilevata, tra i fini della vita, deve produrre. V'è un limite fino al quale è relativamente giusto che un genitore faccia sacrifizio di se stesso pel vantaggio dei figli, e v'è un limite oltre il quale l'abnegazione non può spingersi senza ch'egli apporti non soltanto a sé ma a tutta la famiglia danni maggiori di quelli che il sacrifizio tende ad impedire. Chi può dire quale sia questo limite? Dipendendo esso dalla costituzione e dai bisogni delle persone in causa, non è neppure in due casi il medesimo, e non può essere per ciascun caso più che una congettura. Un commerciante che sia travolto nel fallimento d'un suo debitore e posto nella necessità di fallire egli stesso se non è aiutato, deve o no domandare un prestito a un amico? Il prestito potrebbe trarlo dalle difficoltà, e in questo caso non sarebbe cosa ingiusta verso i suoi creditori non chiederlo? Ma fors'anco non lo salverebbe, e allora non è una frode procurarselo? Benché in casi estremi possa esser facile decidere, come sarebbe possibile in tutti quei casi in cui anche il più intelligente e competente non può calcolare le probabilità?

Questo doppio errore del confondere il giusto assoluto col minimo ingiusto, e del credere che si possa in ogni caso stabilire quale sia, nasce dall'errore che si commette nel concepire il tipo della condotta, la condotta dell'uomo ideale.

Si suppone che l'uomo ideale viva e agisca nelle condizioni sociali esistenti.

Ciò che si cerca determinare è, non quali sarebbero le sue azioni in circostanze tutte insieme mutate, ma quali sarebbero, date le condizioni presenti. E questa ricerca è vana per due ragioni: La coesistenza di un uomo perfetto e di una società imperfetta è impossibile; dato che potessero coesistere, la condotta che ne seguirebbe non fornirebbe il tipo morale cercato.

"In primo luogo, date le leggi della vita come esse sono, un uomo di natura ideale non può essere prodotto in una società composta di uomini che hanno una natura lontana dall'ideale. Aspettarsi che ira uomini organicamente immorali ne sorga uno organicamente morale è come aspettarsi di veder nascere tra i negri un bambino di tipo inglese. Se non si vuol negare che il carattere dipenda dalla struttura ereditata, si deve ammettere che in ogni società ciascun individuo discende da uno stipite, che risalendo a poche generazioni si ramifica per ogni parte nella società e partecipa della natura media di questa; e che quindi, nonostante spiccate differenze individuali, deve conservarsi una comunanza di natura tale da impedire che, un uomo, qualunque sia, raggiunga un tipo ideale, finchè il resto della società rimane di gran lunga inferiore".

"In secondo luogo, la condotta ideale, quale è contemplata dalla teoria morale, non è possibile per l'uomo ideale in mezzo ad uomini costituiti diversamente. Una persona assolutamente giusta e perfettamente simpatica non potrebbe vivere e operare in conformità alla natura sua in una tribù di cannibali. Tra un popolo perfido e al tutto privo di scrupoli, una intera veridicità e franchezza debbono apportare rovina. Se tutti intorno a lui riconoscono solo la legge del più forte, un uomo la cui natura non gli permetta di infliggere dolore agli altri deve soccombere. Fra la condotta di ciascun membro della società e la condotta degli altri vi deve essere per necessità una certa congruenza. Un modo di operare interamente diverso dai modi di operare prevalenti non può continuare con buon esito, ma deve condurre alla morte dell'agente, o della sua discendenza, o di ambedue".

Adunque perché l'uomo ideale possa servire di tipo, egli deve essere concepito, non a sé, senza relazione colle condizioni che sono necessarie perché la condotta possa essere giusta, ma in corrispondenza con queste; l'uomo ideale deve essere considerato come esistente in una società ideale.

Perciò, secondo l'idea dello Spencer, il voler, per esempio, stabilire quale sarebbe la condotta dell'uomo ideale quando fosse posto nel bivio o di farsi gettare sul lastrico colla famiglia, o di mentire alle sue convinzioni politiche, sarebbe perfettamente vano; perché le condizioni così supposte contraddicono a quelle richieste dalla definizione dell'uomo ideale. In una società ideale, nella quale soltanto può concepirsi l'uomo ideale, non esiste violenza e non esistono abusi; né vi può essere collisione tra i modi di sentire e di operare richiesti dal bene proprio e della discendenza, e quelli richiesti dal bene pubblico.

Viene in mente, e lo ricordo perché non solo può servire di commento al pensiero dello Spencer, ma perché la somiglianza è significativa, quel luogo dei Promessi Sposi, nel quale il Padre Cristoforo è invitato a far da giudice in una questione di cavalleria. Suonava rumorosa la disputa tra i commensali di Don Rodrigo su questo punto: se fosse lecito a un cavaliere bastonare il messo che gli consegna un cartello di sfida senza avergliene chiesto licenza; e il Padre Cristoforo, chiamato in causa, dopo essersi invano schermito, esce finalmente in quella sentenza che fa meravigliare, tanto pare fuor di proposito, tutti quei dialettici della cavalleria: "Il mio debole parere sarebbe che non vi fossero né sfide, né portatori, né bastonate".

Ecco riconosciuta nel caso particolare l'esigenza fondamentale dell'Etica assoluta dello Spencer: Non vi può essere condotta giusta finché vi sono condizioni contrarie alla giustizia.

Ma la realtà presente e viva è appunto così. "Oh! questa è grossa", risponde infatti il conte Attilio. "Mi perdoni, Padre, ma è grossa. Si vede che lei non conosce il mondo".

E se è il mondo com'è quello con cui si ha a fare, l'ufficio dell'Etica non sarà quello di stabilire quale deve essere la condotta nel mondo reale presente, non in un mondo ideale avvenire? O, almeno, non è inutile, anche ammessa la distinzione spenceriana, correr dietro al fantasma di una condotta ottima, adatta a uno stato di perfezione, che l'evoluzione apporterà, sia pure, ma che per noi non esiste?

A questa seconda domanda risponde la dimostrazione della precedenza necessaria - nell'ordine della trattazione scientifica - dell'Etica assoluta sull'Etica relativa.

In qualunque ordine di ricerche le verità scientifiche si sono raggiunte trascurando prima i fattori di perturbazione, che alterano ed oscurano l'azione dei fattori fondamentali, e tenendo conto soltanto di questi.

Quando la estimazione di questi fattori fondamentali, non, come si presentano nella realtà, mascherati e complicati di elementi secondari, ma quali si suppongono idealmente con un processo di astrazione, ha aperto la via a conoscere e formulare le leggi generali, allora diventa possibile la estimazione dei casi concreti, tenendo conto dei fattori accidentali che nella realtà alterano i rapporti ideali contemplati da quelle leggi. Ma le leggi generali, le verità fondamentali, solo per questa via si possono ricercare e scoprire, e solo con questo procedimento il sapere passa dalla sua forma empirica alla sua forma razionale.

Per ottenere la formula che esprime il potere della leva si suppone una leva che non si pieghi, ma sia assolutamente rigida; un fulcro che non abbia, come nella realtà, una certa superficie; e si suppone che la potenza e la resistenza si esercitino su un punto, invece che su una parte più o meno estesa della leva. Del pari la determinazione del corso di un proiettile si ottiene trascurando dapprima tutte le deviazioni prodotte dalla sua forma e dalla resistenza dell'aria. E il medesimo negli altri casi. Stabilite così queste verità ideali, diventa possibile tener conto degli elementi dai quali si è fatta astrazione, delle complicazioni risultanti dall'attrito, dalla plasticità, dalla coesione, dalla resistenza dell'aria: e ottenere così una determinazione sempre più esattamente approssimata al fatto reale. Qui è manifesta la relazione tra certe verità assolute della meccanica e certe verità relative che implicano le prime, come è manifesto che non si possono stabilire scientificamente le verità relative finché non sieno formulate indipendentemente da queste le verità assolute. Il che equivale a dire che la scienza meccanica applicata può svilupparsi soltanto dopo che si è sviluppata la scienza meccanica ideale.

Le medesime considerazioni valgono per la scienza morale. È impossibile determinare con approssimazione scientifica quale sia, date certe circostanze reali, il modo di operare meno ingiusto, se non si conosce quale sarebbe il modo di operare giusto; e questo non si può conoscere se non si suppongono eliminate tutte le circostanze che lo impediscono o lo limitano e ne falsano i caratteri ed i risultati: cioè, in breve, se non si suppongono, scevre da ogni perturbazione, le condizioni ideali, nelle quali è possibile l'operare assolutamente giusto.

A chiarir meglio questa relazione tra Etica assoluta ed Etica relativa lo Spencer ricorre a un altro esempio di relazione analoga preso dalle scienze biologiche; la relazione tra la Fisiologia e la Patologia. La Fisiologia, nello studio degli organi e delle funzioni che combinate costituiscono e conservano la vita, suppone organismo sano e le funzioni sane, non tenendo conto dei difetti, degli eccessi, delle anomalie di cui si occupa la Patologia: e questa poi presuppone quella, perché le idee anche più rozze intorno alle malattie suppongono idee di stati sani di cui le malattie sono deviazioni; e la conoscenza degli stati e dei processi anormali e morbosi può diventare scientifica soltanto quando vi sia già una conoscenza scientifica di stati e processi non morbosi.

Similmente la Morale assoluta deve precedere la Morale relativa; la quale non deve applicare sic et simpliciier alle condizioni particolari della vita reale le conclusioni dell'Etica assoluta; ma riconoscendo ciò che vi è di diverso nella condotta che corrisponde a uno stadio di vita imperfetta, deve determinare di quanto essa si allontana dal giusto e come si possa ottenere, date queste condizioni reali imperfette, la massima approssimazione al giusto contemplato dall'Etica assoluta.

Questi confronti coi quali lo Spencer intendeva illustrare il suo concetto intorno alla relazione fra le due Etiche e alla priorità logica dell'Etica assoluta sull'Etica relativa, si direbbe che abbiano servito ad abbuiarlo; e però non è fuor di luogo qualche breve chiarimento.

Dall'esposizione che precede deve essere apparso, spero, che è per una esigenza inerente alla natura della ricerca scientifica che lo Spencer sostiene la necessità che l'Etica assoluta preceda la relativa; e appunto per chiarire questa precedenza necessaria egli cita l'esempio della precedenza analoga della Meccanica razionale rispetto alla Meccanica applicata, e della Fisiologia normale rispetto alla Fisiologia patologica. Nel pensiero dello Spencer la priorità dell'Etica assoluta non è che l'applicazione a un campo particolare di ricerche di un suo criterio metodico generale; del quale egli trova la conferma in tutte le scienze, che hanno superato lo stadio empirico. Il paragone non è dunque, propriamente, fra la sua Etica assoluta e la Meccanica razionale o la Fisiologia normale, né tra la sua Etica relativa e la Meccanica applicata o la Fisiologia patologica; non è, voglio dire, di quelle pure tra di loro, o di queste scienze applicate tra di loro; ma è paragone tra le loro relazioni. E il significato del confronto è questo: che tra le due Etiche, come le concepisce lo Spencer, corre una relazione analoga a quella che intercede rispettivamente tra le due Meccaniche (diciamo così) e tra le due Fisiologie.

È in questo senso che il paragone deve essere inteso; e in questo senso è appropriato. Perciò, quando la critica obietta che l'Etica ha caratteri ed esigenze diverse dalla Meccanica e dalla Fisiologia, può essere che abbia ragione, ma interpreta il confronto in un senso diverso da quello voluto dallo Spencer. Perché il concetto per il quale il paragone è assunto, è, nella sua espressione più semplice, questo: che anche per l'Etica la soluzione scientifica o scientificamente approssimata dei problemi più complessi richiede la soluzione dei problemi più semplici. Il paragone non deve dunque essere staccato da questo concetto e preso con una significazione diversa; altrimenti si fraintende e paragone e concetto; e rimane oscurato uno dei punti più importanti della dottrina particolare ora esposta.

La quale non ebbe mai molta fortuna né presso i fautori di una morale scientifica, né presso gli avversari. Questi, preoccupati forse in generale dal pensiero di mostrare la insufficienza dell'indirizzo naturalistico, hanno veduto nella dottrina delle due Etiche (illustrata da quei confronti!) soprattutto una figliazione del concetto meccanicistico, e l'hanno combattuta in nome delle esigenze della Morale; quelli hanno notato nella affermata necessità di costruire un'Etica assoluta, una contraddizione colla teoria dell'evoluzione, e col principio della relatività della morale e del diritto: e l'hanno combattuta in nome delle esigenze della scienza. Gli uni e gli altri hanno considerato la dottrina particolare unicamente in relazione colla dottrina generale colla quale si presentava connessa, senza badare alle ragioni che la possono legittimare all'infuori del sistema e della forma speciale di applicazione che in esso ha trovato.

(Critica preliminare)
Capitolo III

La dottrina esposta traccia il piano che lo Spencer si è proposto di seguire per soddisfare al compito da lui assegnato all'Etica: quello di determinare scientificamente. le norme della condotta morale.

Ma già intorno a questo modo di intendere l'ufficio dell'Etica incalzano le difficoltà e le obbiezioni; le quali devono essere, almeno nel loro contenuto sostanziale, esaminate. Perché, se non si riconosce la legittimità del suo concetto sull'ufficio dell'Etica, è vano discutere della possibilità e legittimità del piano proposto per attuarlo.

L'esame critico si distingue perciò naturalmente in due parti; delle quali la prima potrebbe dirsi critica preliminare.

L'Etica può, o non può, essere scienza normativa? Ecco una prima questione pregiudiziale, che, a giudizio di un profano (solamente dei profani?), potrebbe dare un'idea poco lusinghiera dei progressi e dei frutti della speculazione morale.

L'opinione se non universalmente, certo generalmente, dominante è che non possa. L'opinione dominante par che si chiuda in questa alternativa: l'etica o è scienza, e non è più normativa; o è normativa, e non è più scienza. La ragione dell'antitesi, che così si pone, tra le esigenze della scienza e le esigenze della morale, è nota. Dicono i puri moralisti: - Una morale che non dia alla norma carattere di obbligatorietà non può essere vera morale; e darle obbligatorietà assoluta non si può senza uscire dal campo della scienza. Nel fatto, una condotta che si ponga scientificamente come morale, è obbligatoria soltanto se si accetta il fine, al quale è ordinata la norma; cioè è obbligatoria ipoteticamente, non categoricamente. E se non c'è imperativo categorico, non c'è morale. - E i puri scienziati rincalzano: - La scienza è scienza delle cose e dei fatti come sono e non come dovrebbero essere. Si può cercare quali sono i caratteri e i fattori, la formazione e le trasformazioni dei modi di operare, dei sentimenti, delle credenze distinti come morali; si potrà anche, tracciati i lineamenti generali del processo di formazione, argomentare induttivamente una possibile evoluzione ulteriore con qualche probabilità; ma la scienza non sa di bene e di male; cerca ciò che è; tenta di prevedere, se le riesce, quel che sarà; dimostrando che certi effetti dipendono da certe condizioni, ci fa capire che se vogliamo gli effetti dobbiamo volere quelle condizioni, ma non può obbligare né a volerle né a disvolerle. -

Gli uni e gli altri, accordandosi nell'ammettere che la scienza non possa dare un imperativo categorico, par che ammettano esplicitamente o implicitamente, che la morale debba o possa essere una dottrina che determina la norma obbligatoria, ossia una teoria da cui si ricava il dovere. Ora, se hanno ragione nell'ammettere la prima cosa, hanno torto di supporre la seconda; hanno torto di credere che compito dell'Etica possa essere quello di dimostrare l'obbligatorietà, e di supporre che una dottrina religiosa o metafisica possa fondare quel che riconoscono non poter essere fondato da una dottrina puramente scientifica; possa fondare il tu devi. .

Il "tu devi" è un giudizio di constatazione e non può essere altro. Dicendo "tu devi" io non posso intendere che l'una o l'altra di queste due cose: o "tu senti dentro di te qualchecosa che ti spinge, senti di essere obbligato a non fare o a fare"; oppure quest'altra: "c'è una volontà che ha il potere di obbligarti". Nel primo caso si fa appello alla coscienza; a uno stato o a un fatto di coscienza che esiste o si suppone che esista; nel secondo caso si fa appello a un potere, che parimenti o esiste o si ammette che esista. Ma nell'uno e nell'altro caso nessuno sforzo dialettico può ricavare l'obbligo dalla natura della cosa comandata o proibita; nessuna costruzione dottrinale può far esistere, se non esiste già, né quel fatto di coscienza, né questo potere.

Si dirà che v'è un altro senso. È vero; ma un senso improprio. "Tu devi" può voler dire: "È giusto che tu faccia; è giusto che ti senta obbligato a fare, o che ci sia chi ti obbliga". Ma se vuol dir questo, l'espressione è equivoca. Che sia giusto il fare e che sia giusto l'obbligo di fare (quando questo fare sia già sentito come un obbligo) si raccoglie dal contenuto, non dal tono del comando; e non basta a porre l'obbligo: lo giustifica dato che ci sia, e potrà far desiderare che esista, dato che non ci sia. Ma porre le ragioni che giustificano l'obbligo, non è porre in essere la forza o il potere o l'impulso (con qualunque nome si chiami) che obbliga. Ed è così vero che le due cose sono diverse e non confondibili tra di loro, che non si può ridurre l'una all'altra senza togliere una delle due. Non si può derivare l'obbligo dalle ragioni che giustificano la norma, senza riconoscere che l'obbligo vale solamente in quanto valgono queste ragioni; cioè senza assegnargli un valore ipotetico, non più categorico. Né si può ricavare la giustificazione della norma dall'obbligo categorico, senza riconoscere che la norma vale solo in quanto esiste l'obbligo; ossia senza negare qualsivoglia giustificazione, cioè riconoscere che il contenuto della norma non avrebbe nessun valore se l'obbligo mancasse.

Gli è che quando si dice essere il dovere condizione necessaria della morale, si scambia la morale colla moralità, la norma colla conformità alla norma. Ma l'obbligo riguarda l'osservanza, non la determinazione della norma. Ora, che dell'osservanza della norma sia condizione necessaria e caratteristica il dovere, è cosa che potrà o non potrà ammettersi, ma ha ad ogni modo un senso; che sia essenziale alla determinazione della norma, non è neppure discutibile, perché non ha senso. Sarebbe come dire che è essenziale alla costruzione della scienza medica l'obbligo di prendere le medicine. È verissimo che sarebbero perfettamente inutili le prescrizioni mediche se non si supponesse che vengano osservate; ma è non meno vero che l'obbligo di osservarle, posto che ci fosse, non muterebbe in nulla il contenuto e il valore delle prescrizioni. L'obbedienza del cliente non muta la scienza del medico. E le condizioni da cui dipende l'osservanza sono così distinte dalle ragioni che giustificano una norma, che l'ufficio di tutte le scienze precettive si fa consistere nel cercare e determinare le relazioni tra certi mezzi e un certo fine, nella supposizione che il fine sia voluto, e all'infuori da ogni preoccupazione che riguardi la reale esistenza ed efficacia del desiderio o dell'obbligo di conseguirlo. Il che si vede manifestissimamente in una scienza precettiva, che, a rigore, costituisce un capitolo dell'Etica; nella quale la questione dell'osservanza delle norme (e dell'obbligo di questa osservanza) è rimasta perfettamente distinta dalla questione della ricerca e della determinazione delle norme; forse appunto perché fu considerata e trattata indipendentemente dalla morale; voglio dire nell'igiene. Dove a nessuno viene in niente di pretendere che sia una condizione della legittimità o del valore delle norme dettate da lei, questa: che il conformarsi ad esse sia sentito come un dovere. E se accade, come può. accadere in effetti, che l'osservanza di qualcuno dei suoi precetti sia già tenuto come un dovere, il riconoscere che questo precetto è ordinato a un fine, al quale si dà valore di bene, fa che l'obbligo stesso appaia giusto. Ma in questo caso è facile vedere che la giustificazione dell'obbligo riesce in ultimo a questo: a dare un valore ipotetico all'obbligo categorico; cioè a dimostrare che sarebbe bene osservare il precetto, anche se non ci fosse l'obbligo.

Ora lo stesso vale, né più né meno, per la morale. Altro è cercare quali siano le norme da osservare per raggiungere un certo ordine di effetti (quello che la morale ponga come fine) e altro è cercare da quali condizioni dipenda che l'osservare queste norme possa essere sentito e posto come un dovere. E l'importanza che questo secondo problema può avere non toglie che esso sia diverso e debba esser distinto dal primo.

La pregiudiziale dell'obbligo categorico non tocca dunque la costruzione dottrinale delle norme; in primo luogo perché l'obbligo categorico si constata o si assume, e non si dimostra, né si ricava da una dottrina qualsiasi. In secondo luogo perché se si intende, come si intende in effetto, che l'Etica deve dare non l'obbligo, ma la giustificazione dell'obbligo, questa giustificazione non può consistere che nel mostrare come la norma abbia valore anche indipendentemente dall'obbligo; cioè che sarebbe bene o sarebbe giusto conformarsi ad essa anche se il conformarsi non fosse sentito come un dovere indiscutibile. Ossia, poiché dimostrare il valore di una norma vuol dire mostrar la derivazione di una norma da un fine a cui sia riconosciuto quel valore, giustificare l'obbligo viene a dire derivare la norma da un fine, il cui valore si ammetta non dipendere dall'esistenza dell'obbligo, e al quale perciò rimane del tutto estranea la considerazione dell'obbligo e delle condizioni che lo rendono possibile.

La caratteristica di una dottrina etica non sta dunque nell'obbligatorietà, ma sta nel valore del fine che si assume. Ed eccoci alla vera ed unica differenza tra l'Etica e le altre costruzioni precettive; che è questa. Qualsivoglia scienza precettiva si riduce a un sistema di relazioni e di leggi che hanno valore di norme da seguire per chi si propone come fine quell'effetto o quell'ordine di effetti, del quale esse leggi esprimono le condizioni ed i fattori; cioè suppone la desiderabilità che dà valore di fine a quell'effetto; ma non pretende né che questa desiderabilità sia riconosciuta universalmente, né che essa sia, pure universalmente, riconosciuta come superiore e preminente rispetto a quella di qualsiasi altro fine. Ma questo appunto pretende l'Etica. Onde il compito dell'Etica si specifica in due punti, di cui il primo segna la sua caratteristica: 1° cercare se vi sia e quale sia l'effetto o l'ordine di effetti che possa avere un tal valore, cioè il fine del quale possa essere ammessa la universale desiderabilità sopra ogni altro; 2° determinare le condizioni e i fattori da cui quell'effetto dipende. E, nel supposto che dipenda dall'azione umana individuale e collettiva, determinare la condotta, ossia le norme dell'operare, corrispondente.

Se il fine di cui può essere assunta questa universale e preminente desiderabilità è umanamente possibile, cioè tale che se ne riconosca possibile il raggiungimento senza assumere o postulare nessun intervento soprannaturale o sopraumano, la costruzione etica sarà scientifica; se no, sarà religiosa o metafisica. E quindi il problema della possibilità di un'Etica scientifica assume questa forma: se si possa assegnare un fine, naturalmente cioè umanamente possibile, al quale sia riconosciuto un valore superiore a ogni altro fine. La determinazione delle norme morali sarebbe data dalle relazioni trovate o da trovarsi tra quel fine e la condotta individuale e collettiva da esso richiesta.

Capitolo IV

Non è improbabile che qualche lettore trovi questo modo di porre il problema intorno al compito dell'Etica, antiquato e fuori della realtà. Sento dirmi: "Nella realtà il compito dell'Etica è concepito e proseguito in modo assai diverso anzi opposto. Le norme della condotta morale sono già date e conosciute. Ciò è tanto vero, che sulla determinazione concreta dei precetti particolari, di quelli che si chiamano "doveri" e che si raccolgono nella parte comunemente chiamata Morale speciale, non cadono sostanzialmente dubbi e contestazioni, e i filosofi della morale ne sdegnano quasi la trattazione o ne danno soltanto le linee generali. Nella realtà dunque l'indagine morale non ha per iscopo di cercare e determinare le norme ricavandole da un certo fine; ma di costruire la sistemazione teorica di un codice di condotta già dato, raccogliendo e unificando le norme particolari in una norma generale, della quale si cerca quale possa essere la giustificazione; anche se la costruzione induttivamente così ottenuta rivesta poi l'apparenza logica di una costruzione deduttiva. Quindi è antiscientifico e inutile andar cercando fuori della realtà, nel campo di una possibilità, ipotetica, un fine - poniamo pure che sia possibile trovarlo - il quale risponda a quelle esigenze, per il gusto di ricavarne delle norme. Le quali, o si accorderanno con quelle riconosciute in effetto e vigenti come morali, o discorderanno. Se si accordano, ciò vuol dire che la pretesa derivazione deduttiva delle norme da quel fine nasconde una reale derivazione induttiva del fine dalle norme; se discordano, questa discordanza viene a dimostrare l'inutilità, a dir poco, di norme che contrastano con quelle riconosciute e accettate, e a far respingere come non morali o utopistiche le norme e il fine dal quale sono ricavate".

Io non ho difficoltà a riconoscere che i due indirizzi prevalenti nella speculazione morale contemporanea - l'indirizzo sociologico-storico, e l'indirizzo idealistico-prammatistico - si accordano fondamentalmente nel respingere le costruzioni etiche razionali o pure, e nell'assumere come punto di partenza legittimo la realtà dei dati morali; dei quali l'uno considera principalmente l'aspetto esterno, sociale, e l'altro l'aspetto interno, psicologico. Ma noto subito che la novità nel punto di partenza e nel processo di costruzione, è soltanto apparente; o, per essere più esatto, la novità consistenell'assumere la legittimità di un procedimento, che inconsapevolmente domina in generale la speculazione etica, e che si scorge più evidente in quei sistemi i quali hanno raccolto rispettivamente nei diversi tempi e luoghi più largo consenso (consenso non verbale, si intende, ma reale). In altri termini non si fa che seguire in modo consapevole e riflesso quella stessa tendenza e preoccupazione a cui ha obbedito in generale la speculazione morale, almeno nella forma riconosciuta rispettivamente nei diversi tempi come ortodossa, o retta, o sana che si voglia dire; la preoccupazione di giustificare il modo di operare, di sentire e di giudicare già tenuto come buono. Ora il rendersi conto che la costruzione etica - sotto l'apparenza logica di una deduzione progressiva di certi precetti particolari da una norma generale e di questa da un fine posto come supremo fu sempre, in sostanza, regressiva (dai precetti particolari alla norma generale e da questa ai principi che la giustificano), segna certamente un progresso e un acquisto quanto alla conoscenza del processo reale storico e psicologico di formazione dei sistemi morali. Ma altro è conoscere quale sia stato il processo realmente seguito, altro è affermare la legittimità del processo. Certo sarebbe un fortissimo argomento di probabilità, se avesse fatto buona prova. Ma se si guarda ai risultati, vien fatto piuttosto di pensare il contrario; di pensare, che la speculazione morale sia viziata nelle origini appunto dal preconcetto che la domina e dal procedimento che il preconcetto suggerisce. Ed è da questo preconcetto che nasce, a mio giudizio, così il difetto della soluzione a cui riesce l'indirizzo sociologico, come di quella a cui fa capo l'indirizzo prammatistico.

In primo luogo importa notare che ambedue gli indirizzi, appunto perché hanno comune il presupposto che compito dell'Etica sia quello di unificare le norme già date, risalendo da esse ai principio ai postulati, sembrano ammettere questi due punti: 1° Che le norme morali siano già tutte conosciute e determinate, o che dalle norme conosciute si ricavi il criterio per quelle non determinate. 2° Che le norme date siano fra di loro concordanti o compatibili, o almeno non in contraddizione l'una coll'altra.

Ora né l'una né l'altra di queste condizioni si avvera nel fatto.

E prima di tutto non è esatto che le norme della condotta siano già date e conosciute. Anche se lo Spencer ha torto, come io credo e si vedrà più innanzi, di assumere a criterio del giusto l'adattamento perfetto o il piacere puro, ha ragione nel sostenere che in un gran numero di casi la coscienza non ci dice quale sia il modo di operare giusto o approssimativamente meno ingiusto. Ma, oltre ai casi del genere di quelli citati da lui (nei quali si potrebbe dire, che se non riusciamo a determinare quale sia la migliore applicazione del criterio, sappiamo però quale sia il criterio da usare), vi sono sfere intere di azioni, per le quali la coscienza non saprebbe suggerirci una scelta sicura, e per le quali non ci dice, come per altre, "non è giusto" o "è giusto". Difenderò io il divorzio o lo combatterò? Approverò o non approverò l'allargamento del suffragio politico? Sarò conservatore o liberale, monarchico o repubblicano, individualista o socialista, liberista o protezionista? In quali circostanze ed entro quali limiti seguirò l'uno o l'altro indirizzo? Non serve rispondere che ciascuno deve operare in queste materie secondo la propria coscienza. Si tratta di sapere come una coscienza onesta deve operare perché alla bontà delle intenzioni (che è presupposta) corrisponda la bontà degli effetti. E abbandonando questo giudizio alla coscienza individuale si riconosce, o che possono coesistere criteri morali diversi, o che lo stesso criterio morale può legittimare ugualmente modi di operare opposti, o finalmente che quelle parti della condotta escono dal campo della morale.

Ma se possono legittimamente coesistere per certe parti della condotta criteri morali opposti, quale sarà il criterio superiore che serve a decidere fra questi criteri contrastanti? o altrimenti, perché non si ammette che possano del pari legittimamente coesistere criteri contrastanti anche per le altre parti della condotta? Se poi lo stesso criterio morale può legittimare due modi di operare opposti, ciò non può essere che per mancanza di determinazione delle circostanze; e prova in ogni modo che le norme particolari della condotta morale non sono tutte determinate e conosciute. E se finalmente quelle parti della condotta escono dal campo della morale, quale norma suprema è mai quella che non ha nulla da dire intorno a una parte così grande dell'operare, come è, per esempio, tutta la condotta politica dell'individuo e della società? Si dirà che per questa parte, per la quale le norme non sono date, il criterio si ricava da quelle già date e accettate come morali? Urtiamo in una seconda difficoltà.

Per ricavare dalle norme già date il criterio cercato, per unificarle cioè in una norma più generale, occorre che le norme date concordino fra di loro, che in tutte si possa riconoscere appunto questa unità di criterio. Ora, tralasciando pure di insistere, perché è cosa troppo nota, sull'antitesi fondamentale esistente tra le norme di condotta che valgono come morali rispettivamente nelle condizioni di pace e di guerra, o sui contrasti, tragici talvolta, tra i "doveri" familiari e i "doveri" sociali, bisogna osservare che le norme date e accettate come morali possono contemplare e contemplano realmente, almeno in parte, delle relazioni, direi, secondarie, le quali esistono e sono possibili in grazia di relazioni primarie e fondamentale, che le norme non contemplano e che sono la negazione del criterio applicato in quelle norme. Mi sia lecito spiegarmi con un esempio ipotetico assai semplice. Se si suppone che un uomo sia saltato sulle spalle di un altro e si faccia portare da lui, v'è luogo a cercare quale sia la posizione migliore per il portante e per il portato; sia quella, poniamo, la quale concilia la minima fatica del primo col minimo disagio del secondo. Il criterio seguito qui è un criterio di equità; si riconosce cioè che non sarebbe o giusto o buono o utile per nessuno dei due, il pretendere tutte le comodità per sé senza tenere in conto le comodità dell'altro. Ma se questo criterio (seguito nello stabilire la condotta migliore, data quella condizione diversa dei due) fosse applicato a determinare la relazione tra i due, prima che siano divenuti rispettivamente portatore e portato, questa condizione sparirebbe, e ciascuno camminerebbe colle sue gambe. Ossia la norma morale regola nel caso supposto un rapporto che non esisterebbe se essa fosse applicata al sorgere di quel rapporto. E può avverarsi, così, delle norme morali qualche cosa di analogo a quel che racconta di sé Senofonte, che all'oracolo chiedeva quale via dovesse tenere per giungere più felicemente in Asia, guardandosi bene dal chiedere prima se era bene o male che andasse.

Un sociologo potrebbe stringersi nelle spalle e osservare che è colla realtà data che bisogna fare i conti, e che è ozioso andar cercando come sarebbe giusto che essa fosse; non resta che acconciarvisi alla meno peggio. Vedremo ora come questa posizione di puro adattamento passivo sia, per forza stessa della realtà, che diviene e muta, insostenibile: ma è opportuno notar subito che quando si renda palese un contrasto del genere notato, colla consapevolezza di questo contrasto è inevitabile che nasca nella coscienza morale l'aspirazione a una realtà diversa; e quindi l'aspirazione o a modificare la realtà se essa appare mutabile, o a cercare la ragione della giustizia fuori della realtà.

Queste lacune e queste incongruenze delle norme in effetti vigenti come morali in un dato tempo e luogo, dimostrano intanto due cose: che, quale sia la condotta migliore in un determinato momento storico, non è una semplice constatazione da fare, ma è un problema da risolvere; e un problema assai più difficile e complicato di quel che possa apparire e si sia abituati a considerarlo; e che in ogni caso è necessario assumere un criterio il quale valga come guida a colmare le lacune, e a risolvere o giustificare le incoerenze. Ma un criterio, comunque assunto, a cui si attribuisca questo ufficio e questo valore, è un criterio alla stregua del quale devono essere valutate anche le norme particolari già riconosciute come certe, poiché deve valere per tutta la condotta. E ciò viene a dire che il processo di determinazione di tutte le norme si deve fondare sul criterio assunto, allo stesso modo che se le norme si dovessero tutte determinare ex novo, astrazion fatta e indipendentemente dalle norme in effetto già accettate e seguite. (Il che del resto, è precisamente quello che avviene in tutte le scienze precettive; dove, se anche i precetti scientificamente stabiliti si trovano a coincidere coi precetti empiricamente seguiti, la determinazione scientifica procede come se spettasse ad essa di determinarli e giustificarli). E allora il problema torna ad essere quello del criterio che deve essere assunto.

Ora il criterio che l'indirizzo sociologico suggerisce è, come è noto, - e conforme al concetto, che esso pone in evidenza, della relatività della morale e del diritto - la corrispondenza alle esigenze sociali del momento storico che si considera. Il codice morale di un dato tempo e luogo delinea la forma di condotta richiesta dalle condizioni dell'esistenza sociale in quel tempo e luogo, e trova in esso la sua giustificazione.

A nessuno può venire in mente di negare la reale ed effettiva dipendenza delle norme morali dalle esigenze della vita sociale. Ma se queste esigenze possono spiegare come si sia formato storicamente e psicologicamente il codice di condotta correlativo finché sono inconsapevolmente identificate colle esigenze della coscienza morale, esse non bastano più, neppure a determinare quale sia la condotta adatta in un certo momento storico, una volta che. siano assunte come criterio riflesso e consapevolmente seguito; non bastano, tranne che in un caso: nel caso che le condizioni di esistenza, da cui quelle esigenze emergono, siano considerate come immutabili o come assolutamente sottratte ad ogni azione od efficacia che possa esercitare su di esse la condotta umana, individuale e collettiva.

Perché quando intervenga la consapevolezza di una possibile efficacia modificatrice della condotta umana sulle condizioni sociali e sulle esigenze che ne nascono, allora entra di necessità nella valutazione della condotta la considerazione di questa efficacia; la quale richiede il confronto tra lo stato presente e uno stato futuro, tra uno stato reale e uno stato possibile. E la ragione della scelta tra i due non può essere data dalla realtà dello stato presente, ma dalla diversa desiderabilità dei due stati messi a confronto; e quindi non soltanto dalle esigenze dello stato reale, ma anche da quelle dello stato possibile o creduto tale. Per conseguenza, condotta buona apparirà non quella semplicemente che è richiesta dalle condizioni di fatto, ma quella che, nei limiti imposti dalle condizioni reali, tenda a modificarla nella direzione segnata dallo stato più desiderabile.Soltanto in un caso, puramente teorico, la condotta tracciata in conformità con questo criterio coinciderebbe con la pura e semplice corrispondenza alla realtà delle condizioni date; nel caso che lo stato reale presente apparisse universalmente e sotto ogni rispetto più desiderabile di ogni altro. Ma anche in questo caso la valutazione è data dalla desiderabilità, non dalla realtà.

Insomma, altro è comprendere che una forma di condotta è conforme a certe condizioni, altro è aver coscienza della bontà di quella condotta; la quale non può nascere che dalla coscienza della bontà di un fine a cui la condotta è, o si crede che sia, ordinata; altra cosa è la necessità di certe condizioni, altra è la loro desiderabilità; altra cosa è la spiegazione storica, e altra la giustificazione etica.

Di questa esigenza di una giustificazione, alla quale, una volta che sia sorto il lavorio riflesso della comparazione e della critica, nessuna costruzione etica può sottrarsi, si preoccupa invece il nuovo idealismo prammatistico, il cui presente successo si deve, come credo, in gran parte, alla insufficienza del relativismo sociologico e storico nel campo della morale. Esso è in sostanza, come è noto, un ritorno alla metafisica in nome delle esigenze pratiche; la affermazione del diritto di credere all'esistenza reale di quelle condizioni che si pongano come necessarie a dare un fondamento oggettivo al valore delle norme e dei motivi morali. In questa reazione a difesa della fede il nuovo idealismo, fatto audace dal favore delle circostanze e dalla debolezza degli avversari, è passato, come accade, dalla difensiva alla offensiva; e non solo afferma la legittimità del proprio indirizzo nel campo della morale e della religione, o, come si dice, nel campo dei valori pratici; ma anche nel campo della scienza, o dei valori teoretici; pretendendo che in ultimo anche il sapere teoretico, benché non se ne accorga o si dia l'aria di non accorgersene, non abbia altra ragione per giustificare i principi e i postulati che assume a fondamento delle sue interpretazioni dei fatti e delle leggi particolari, se non una ragione di convenienza; il valore che quei principi hanno come mezzi per la sistemazione del sapere, cioè in ultimo per la soddisfazione di un bisogno speculativo.

Qui non è il luogo di discutere ciò che nella dottrina ci può essere di vero - più còme intuizione di un aspetto trascurato della realtà psicologica, che come legittimazione di un metodo - per quel che riguarda la ricerca scientifica

Però non posso fare a meno di notare l'equivoco che, a mio giudizio, si nasconde rotto la pretesa analogia tra la ragione che legittima i principi teoretici, e la ragione che il pragmatismo invoca a legittimare i principi pratici. L'equivoco è questo: È verissimo che l'impalcatura del sapere teoretico (a proposito, si può parlare di un sapere non teoretico?) è fatta di materiali, diciamo così provvisori, di postulati e di ipotesi che si assumono perché e in quanto possono servire. Ma servire a che? A unificare e sistemare le costruzioni delle cose dei fatti e dei rapporti come sono non come desideriamo che siano; a costruire non quella verità che piace a noi di ammettere, ma la verità senz'altro, sia o non sia conforme ai nostri desideri e ai nostri capricci. Perché il bisogno teoretico o scientifico è appunto il bisogno di sapere le, cose che sono e come sono, e non che desideriamo e come le desideriamo. E qualunque sia il senso che noi diamo all'espressione come sono, esso è sempre distinto e diverso da quello che può aver l'espressione come desideriamo che siano. Perciò non è il caso di ripetere qui, sotto veste gnoseologica, la domanda di Pilato. Perché quando si parla per es., delle leggi di gravità si può bensì sostenere che questo è un modo nostro di formulare e unificare i fatti; ma i fatti sono quelli, e a nessuno viene in mente di pensare che noi li crediamo veri perché abbiamo bisogno di reggerci in piedi. E anche chi ammette che l'acqua sia stata fatta a posta per cavarci la sete, sa benissimo (diamine!) che altro è dire che in un pozzo c'è dell'acqua, e altro dire che hanno sete quei che vi guardano dentro.

Di questa indebita intrusione di argomenti gnoseologici in questioni scientifiche (fisiche, ecc.) tratta esaurientemente, con profondità e con chiarezza, come suole, il Varisco (Vedi in particolare: Introduzione alla Filosofia naturale, e Studi di Filosofia naturale, Cap. I).; la considero nel campo della morale, e soltanto rispetto all'argomento che ci riguarda. Per questo rispetto la soluzione che essa dà del problema della giustificazione etica, non differisce sostanzialmente dalle altre soluzioni di carattere metafisico, se non per il fondamento. A proposito del quale, siccome, se anche se ne ammetta la validità, questa non toglie il difetto che nasce dal carattere metafisico della soluzione, mi accontento di osservare, per quelli che credono di sfuggire per questa via all'utilitarismo, che essa conduce a una forma, mistica se si vuole, ma ad una forma di utilitarismo; anzi alla forma estrema e più radicale: la valutazione delle stesse credenze metafisiche e religiose dal punto di vista di un interesse umano; sia pure questo interesse il massimo, il termine di confronto di tutti gli altri. Perché conduce a considerare la credenza come un sostegno della moralità, ossia in ultima analisi come un mezzo pedagogico. E non è escluso il dubbio che, a questo modo, proprio nel mentre che si pone il valore della credenza, si venga a togliere valore all'oggetto della credenza.

Venendo ora al nostro argomento, è certo che la soluzione del prammatismo, come in genere le altre soluzioni di carattere metafisico, soddisfa a quella esigenza della giustificazione etica, alla quale non soddisfa il relativismo storico. Ma anch'essa presenta - dico all'infuori da ogni contesa sulla legittimità del fondamento e sulla validità teorica dei principi e dei postulati ammessi - il difetto capitale delle costruzioni metafisiche. Ed è che il fine di ordine soprannaturale così postulato, non può servire a determinare le norme. Non può servire, per la ragione perentoria che la relazione tra un fine, che è al di fuori e al di sopra della vita umana naturale e finita, e una condotta, qualunque essa sia, che si deve dispiegare nell'àmbito delle leggi naturali e i cui effetti determinabili sono contenuti nei limiti della vita finita individuale e sociale, una relazione di questo genere, dico, non può essere in nessun modo dimostrata, ma soltanto affermata. Ne è prova il fatto che lo stesso fine soprannaturale, la stessa costruzione metafisica può essere assunta a giustificare norme concrete di condotta non soltanto diverse, ma opposte, senza che si possa ricavare da essa nessuna ragione per la quale tra due forme di condotta diverse, una possa o debba giudicarsi preferibile all'altra. Ché, se si trova una ragione di preferenza nell'ordine degli effetti, che le due condotte rispettivamente producono o tendono a produrre, quest'ordine di effetti dà alla condotta correlativa un valore che sussiste indipendentemente dal fine soprannaturale, e diventa il fine naturale della condotta medesima.

Con questa differenza tra i due fini: che mentre dato il primo, non si può (se non facendo appello a una rivelazione, cioè a una autorità, e quindi a una pura affermazione) ricavare da esso quale sia la condotta atta a raggiungerlo; dato questo fine naturale, le norme si ricavano appunto dalle condizioni da cui il fine dipende, cioè dalla connessione naturale tra la condotta, e gli effetti della condotta. Ossia un fine soprannaturale non può fornire esso il criterio per determinare la condotta, se non a patto che - implicitamente o esplicitamente - si assuma, come subordinato ad esso e da esso richiesto, un fine, o un ordine di fini, naturale, in relazione al quale in realtà le norme sono stabilite.

Né concluderebbe nulla in contrario l'osservare che il criterio desunto dagli effetti che l'azione tende a produrre, riguarda la condotta esterna, non la interna, nella quale soprattutto consiste il valore morale. In primo luogo anche se per le due condotte, esterna e interna, valessero criteri diversi, bisognerebbe pur sempre riconoscere che, poiché anche la condotta esterna conta pure qualchecosa, sarebbe ancora necessario ammettere un criterio che valga a determinarla. In secondo luogo, benché siano, in ultima analisi, le tendenze, le aspirazioni, i sentimenti che hanno valore e danno valore alle cose e alle azioni, e ogni valutazione si riduca a valutazione comparativa di tendenze o sentimenti diversi; non bisogna dimenticare che i sentimenti, come le aspirazioni, si distinguono per il loro contenuto rappresentativo, cioè per l'oggetto a cui si riferiscono; e che anche le intenzioni sono sempre intenzioni di qualche cosa. E finalmente, una forma di perfezione interiore che si consideri come fine, a cui l'uomo possa giungere o avvicinarsi, non può essa stessa fornire il criterio per determinare quale sia la condotta richiesta a questo scopo, se non in quanto questa perfezione si consideri come un effetto o un ordine di effetti che dipende naturalmente (in parte almeno se non in tutto) da certe condizioni, ossia da certi mezzi. Le pratiche dell'ascetismo non avrebbero senso se non si riconoscesse a loro questo carattere di mezzi atti a produrre certi effetti.

Concludendo: la soluzione metafisica a cui fa appello l'indirizzo prammatistico, come ogni altra soluzione di carattere metafisico, non può avere, anche se non si ponga in dubbio la sua legittimità, che un ufficio consolatore, non regolatore; può servire a dare o aggiunger valore a certe norme e ai fini umani connessi con queste, ma non può servire a determinarle; può fornire un principio di giustificazione, non un criterio di derivazione. E perciò lascia da parte o suppone risolto il problema che riguarda la determinazione delle norme; il che è quanto dire che lascia sussistere il problema, e la validità delle ragioni per le quali si pone, e se ne cerca la soluzione.

Capitolo V

Così dei due tipi diversi di costruzione etica corrispondenti ai due indirizzi esaminati, l'uno - quello del relativismo storico - se anche può offrire un criterio di determinazione scientifica di un sistema di norme, non soddisfa all'esigenza morale, ossia non giustifica il valore che ad esse si vuole attribuire. Perché, alle norme stabilite in conformità al criterio della corrispondenza alle esigenze della vita sociale, non si può riconoscere un valore superiore a ogni altra norma, se non supponendo che la forma di esistenza sociale correlativa si riconosca universalmente e sotto ogni rispetto più desiderabile di ogni altra; presupposto che non è per nulla legittimato, né si può ricavare dal criterio assunto. L'altro - quello dell'idealismo prammatistico in quanto fa capo a principi e postulati metafisici, serve a giustificare il valore che si attribuisce alle norme morali, ma è radicalmente imponente - a fornire un criterio di determinazione delle norme.

Il primo può determinare le norme, ma non giustificarle; il secondo può giustificarle, ma non determinarle.

L'uno e l'altro tipo di soluzione hanno comune il preconcetto fondamentale che compito dell'Etica debba essere quello di trovare le ragioni sulle quali è fondata la bontà o la giustizia di quella forma di condotta, che già teniamo come buona. Ammesso - tacitamente o esplicitamente - questo presupposto, l'esigenza scientifica porta a riconoscere le connessioni naturali tra quella forma di condotta e i bisogni della vita sociale del momento storico, e quindi ad assumere come criterio etico la corrispondenza a questi bisogni; l'esigenza morale o giustificativa porta a cercare a quali patti o condizioni quella forma di condotta possa veramente essere riconosciuta come buona, e quindi ad assumere come fine della condotta un bene il quale soddisfaccia a quel requisito di universale e preminente desiderabilità, che non si trova in quel fine, che è in realtà il fine naturale della condotta.

E allora la conseguenza legittima è questa: che una scienza normativa morale è possibile soltanto se il fine naturale che serve a determinare le norme vale anche a giustificarle.

Ma il fatto - che questa esigenza non è soddisfatta finché si cerca la giustificazione di un codice di condotta già dato, assumendo questo come punto di partenza, e quindi come fine la forma di convivenza e di cooperazione sociale alla quale esso codice corrisponde, - non prova l'impossibilità di una etica normativa scientifica; prova al più la impossibilità di una tale scienza finché si intende il compito dell'Etica in quel modo.

Ora, perché non sarà possibile e lecito porre il problema in un modo diverso: cercare quale possa essere il fine che soddisfa a questa esigenza, e dalle condizioni che esso richiede ricavare le norme della condotta? Il porre il problema in questa forma non è forse legittimato dalle difficoltà che abbiamo visto nascere dal porlo in forma diversa, e dall'analogia (che l'esigenza caratteristica della norma etica non toglie) colle altre scienze precettive?

Sento risorgere l'obbiezione: Posto pure che l'impresa riuscisse, a che cosa gioverebbe? Ma è facile la risposta. In primo luogo, anche se non servisse praticamente a nulla, non cesserebbe di avere un valore teorico il sistema di rapporti che per tal modo si venisse a conoscere. In secondo luogo a nessuno è dato affermare a priori l'inutilità pratica di una cognizione scientifica, sia pure che riguardi dati ipotetici. (E quale cognizione scientifica non contempla dati, almeno in parte, ipotetici?) E finalmente a queste due ragioni generali se ne può aggiungere una terza particolare. Chi può dire che al modo stesso, almeno col quale può essere utile la conoscenza delle relazioni che esistono tra forme diverse di moralità e condizioni storiche diverse, non possa tornare utile la conoscenza delle relazioni scientificamente stabilite tra una forma di condotta possibile e un ordine di condizioni possibili?

Concludo: il problema, se una scienza normativa etica sia possibile, non è un problema risoluto, ma è un problema da risolvere. Se si possa e si debba risolvere nel modo tenuto dallo Spencer, è questione diversa e che rimane da esaminare. E questa critica preliminare mentre avrà servito, come spero, a dimostrare che il presupposto fondamentale dello Spencer intorno al compito dell'Etica non può essere a priori escluso, ha posto in chiaro le esigenze fondamentali alle quali una scienza normativa morale deve soddisfare.

E così ci fornisce una guida per la critica della dottrina.

(La dottrina dello S. e la morale come scienza)
Capitolo VI

Il programma che lo Spencer traccia e si propone di seguire (non dico che in realtà gli sia rimasto fedele) per costruire una scienza normativa etica, si può raccogliere, in queste due tesi: 1° La necessità di assumere come tipo della condotta morale la condotta dell'uomo giusto in una società giusta; e la necessità conseguente della distinzione tra Etica pura (Etica assoluta) ed Etica applicata (Etica relativa) e della precedenza teorica della prima sulla seconda. 2° La identificazione della condotta giusta, oggetto dell'Etica assoluta, col tipo di condotta che egli pone come proprio del limite dell'evoluzione.

Ora, benchè nel pensiero dello Spencer le due tesi siano solidamente connesse, e la seconda sia nel quadro del sistema la fondamentale e quella che legittima e rende possibile ad un tempo la sua costruzione, non è difficile vedere come da un punto di vista critico esse possono e debbono essere considerate a parte. La prima, infatti, formula una veduta metodica; la seconda esprime la speciale applicazione che di quella veduta metodica lo Spencer ha creduto di fare. In altri termini, è astrattamente possibile riconoscere che il tipo ideale dell'uomo giusto non possa determinarsi se non in relazione con una società giusta e che per determinare la condotta giusta relativamente a certe condizioni reali, sia necessario aver prima riconosciuto quale sarebbe la condotta giusta in condizioni idealmente supposte, anche se non si accetta che il tipo ideale di condotta giusta possa essere concepito in quella forma e su quel fondamento che lo Spencer crede di dovergli assegnare.

Anzi io penso che la veduta espressa nella prima tesi non solo si possa, ma si debba accettare come legittima e necessaria, e che in essa si racchiuda come in germe un concetto fecondo. Certo, credo, se una scienza normativa morale è possibile, è possibile per quella via; e i difetti della costruzione etica dello Spencer nascono non dall'averla seguita, ma piuttosto dall'essersene allontanato. Cosicché la critica stessa della seconda tesi riesce a confermare la legittimità della prima.

Assumendo come tipo ideale di condotta giusta la condotta corrispondente al limite dell'evoluzione, lo Spencer riconosce, esplicitamente o implicitamente, alla forma di vita individuale e sociale che segna quel limite, valore di fine morale. Ora, lasciando la difficoltà, sulla quale altri ha già insistito, che uno stato concepito come il risultato necessario dell'evoluzione naturale possa aver valore di fine liberamente e deliberatamente voluto e proseguito, difficoltà che non mi pare insuperabile

La difficoltà nasce dal modo di intendere la possibilità e la necessità. - Affermare la possibilità che si produca un fatto, non è altro che riconoscere o ammettere la presenza reale dei fattori, l'azione dei quali, quando non incontrasse ostacoli, produrrebbe, secondo i rapporti causali noti, cioè necessariamente, quel fatto. Ora lo stesso effetto che può apparire necessario o in quanto si ammette la reale e adeguata efficacia di tutti i fattori da cui dipende, può essere proposto come fine quando tra i detti fattori entri l'azione dell'uomo, cioè quando la "necessità" dell'effetto sia condizionata dalla presenza e dalla efficacia di certe idee, sentimenti, aspirazioni; cioè in una parola dalla presenza e dalla efficacia adeguata del desiderio di quell'effetto. In questo caso non è escluso che l'effetto in questione possa aver valore di fine, anzi è incluso che l'abbia; perché la "necessità" dell'effetto è subordinata appunto al valore che gli si riconosca di fine, e al dispiegarsi, nell'azione corrispondente, della volontà di raggiungerlo.

Che questa interpretazione sia compatibile coi principi dell'evoluzionismo spenceriano è questione che, come si vedrà, rimane estranea all'intento di questo studio, e che i più risolvono negativamente (cfr., tra gli altri, L. ZUCCANTE: La dottrina della coscienza morale nello Spencer, Cap., XXXI, p. 194; e G. VIDARI: Rosmini e Spencer, p. 209 e segg.. Di queste, come di tutte le obbiezioni mosse all'Etica dello Spencer, a cominciare dal Guyau e dal Sidgwick fino ai critici più recenti, tratta con grande larghezza e ricchezza di notizie il Dr. G. SALVADORI nell'opera L'Etica evoluzionisia che è una apologia entusiastica di tutto il sistema spenceriano).

Colgo questa occasione per dichiarare che ho dovuto astenermi da ogni richiamo sia delle obbiezioni e discussioni di questi, come di altri critici valorosi (tra i quali sia ricordato a titolo d'onore il compianto Icilio Vanni), sia delle varie opinioni che si connettono colle questioni generali toccate, per due ragioni: in primo luogo perché il punto di vista del quale è qui considerata la dottrina delle due Etiche è diverso, e diversa la via seguita; in secondo luogo perché se avessi voluto per ogni questione toccata discutere le diverse opinioni avrei dovuto fare a commento di un breve scritto, tutta o poco meno la storia della morale, io credo che questa identificazione presenta due difetti capitali: essa non vale per sé a fornire un criterio per la derivazione delle norme morali (nella realtà, come si vedrà più innanzi, il tipo ideale è determinato dallo Spencer sopra un altro fondamento); e non è sufficiente come principio di giustificazione. Cominciamo dal primo.

Il concetto di evoluzione, come quello di tempo, del quale esso è, in fondo, null'altro che la traduzione in termini di causalità naturale, esclude l'idea di limite, inteso almeno come termine fisso, oltre il quale ogni processo di trasformazione, cioè di causazione, si arresti. Il processo stesso di dissoluzione che, secondo il pensiero dello Spencer si alterna a periodi indefinitamente grandi con quello di evoluzione, non segna il termine di un periodo e l'inizio d'uno nuovo se non dal punto di vista di una valutazione umana o teologica. In realtà il cammino non si arresta per tracciar di segni che l'uomo faccia sulla via della natura. Né, del resto, quando lo Spencer parla di limite dell'evoluzione della vita umana, intende di significare il momento in cui la vita si arresta o si spegne, ma quello in cui la vita raggiunge il massimo svolgimento. Senonché questo massimo svolgimento non può essere, necessariamente, che relativo a forme date e conosciute o comunque determinate di vita, cioè di organi, di funzioni, e di attività; e, anche inteso così, non può venir stabilito se non fissando un grado che si consideri come massimo; cioè, insomma, segnando nel processo (non importa ora con quale criterio) un momento, che sia punto di arrivo di una serie (della quale sia rappresentato da un punto di vista teleologico come fine), ma che potrebbe essere preso, con un criterio diverso, come punto di partenza di una serie ulteriore. È sufficiente a segnare questo momento il criterio dell'adattamento completo ai tre ordini di fini: della vita individuale, della vita della specie e della vita sociale?

È subito chiaro che questo adattamento completo non può bastare esso stesso, se non si determina quali siano le sfere di attività e di fini, l'adattamento ai quali serve di criterio per stabilire se il limite è raggiunto. Perché se si intende per adattamento completo un adattamento definitivo a tutti i fini di tutti e tre gli ordini, termine fisso e insuperabile al quale si arresti, e oltre il quale non sorgano nuove aspirazioni e nuovi fini, noi non potremmo argomentare né che un tale limite sia per essere raggiunto mai, né (ciò che qui importa di più), dato che si raggiunga, quale sia il grado o la forma di vita, che un tale adattamento sia per fissare e suggellare come definitivo.

Perché i fini sono, come ognuno sa, correlativi ai desideri o ai bisogni. Ora a mano a mano che le forme di attività si moltiplicano e si differenziano, si moltiplicano i bisogni e quindi i fini; né si può né induttivamente, né deduttivamente determinare a qual punto questo processo possa o debba arrestarsi. Perché, pur non uscendo dalla tesi evoluzionista, ogni adattamento implica diminuzione di sforzo e quindi, coeteris paribus, avanzo di energia; la quale appunto perciò si viene dispiegando in nuove forme di attività, e quindi nella ricerca di nuovi fini. Anzi il sorgere di ogni forma più complessa di attività - ad esempio ogni funzione più elevata - presuppone normalmente l'adattamento già avvenuto delle attività meno complesse e relativamente elementari - funzioni più semplici -, di cui essa è una nuova ordinazione. Onde per questo rispetto l'adattamento a certi fini è parallelo all'insorgere di fini nuovi indefinitamente. Oltrediché il processo stesso del conoscere portando a scoprire sempre nuovi rapporti di cose e di fatti, viene continuamente riversando la desiderabilità dei beni conosciuti su nuovi oggetti che acquistano valore di utilità, e moltiplica così i beni, cioè i desideri e i bisogni; o trova nel mutare delle condizioni esterne nuovi modi di soddisfare ai bisogni già esistenti affinandoli ed elevandoli; o apre la via a nuove aspirazioni, alle quali la soddisfazione già assicurata dei vecchi bisogni permette che si rivolgano gli sforzi e l'opere. Così ogni adattamento raggiunto è condizione e stimolo a nuove forme di attività al modo stesso che ogni conoscenza acquistata fa sorgere nuovi problemi, e nascere "a guisa di rampollo, appié del vero il dubbio".

Si dirà che lo Spencer intende l'adattamento completo nel senso di mutuo adattamento dei tre ordini di fini fra di loro; intende cioè la conciliazione e l'accordo tra le esigenze della vita individuale, quelle della vita della specie e quelle della vita sociale.

Ma lasciando di notare che la difficoltà sopra notata risorge a proposito di questa conciliazione perfetta, si presenta la domanda: A quali patti si fa questa conciliazione?

Perché se è vero, come lo Spencer ha cura di ripeter spesso, che nelle condizioni presenti di esistenza i fini di un ordine non possono essere proseguiti e raggiunti senza sacrificio almeno parziale dei fini di un altro ordine, bisogna evidentemente, perché la conciliazione si faccia, che intervenga una cessazione o una modificazione o una sostituzione nei fini o di uno o di due o di tutti tre gli ordini considerati; ossia una modificazione nei bisogni e nelle esigenze dell'individuo, o della specie, o della società. Supponiamo ora per semplicità di discorso che i fini individuali e i fini della specie si possano considerare fin dal presente conciliati; o, per usare i termini dell'economia pura, che si possa assumere l'egoismo di specie come comprendente in sé l'egoismo individuale (il che è in gran parte conforme alle vedute stesse dello Spencer); la conciliazione resterebbe da farsi tra i fini della vita individuale e i fini della vita sociale.

E allora il problema è il seguente: Nello stato di conciliazione contemplato, fino a qual punto sono i bisogni e i fini individuali da noi conosciuti o immaginati che avranno mutato di specie, di estensione, di intensità, per adattamento alle esigenze sociali, e fino a qual punto si troveranno invece modificate le esigenze sociali per adattamento ai fini della vita individuale? È manifesto che per conoscere in che cosa la conciliazione sia per consistere bisogna, o che sia definita la sfera delle esigenze individuali, in corrispondenza colla quale si possa determinare la sfera delle esigenze sociali che con quelle si accordi; o sia definita la sfera delle esigenze sociali per una determinazione inversa; o finalmente siano definite certe condizioni (qualunque sia il modo tenuto per assegnarle) le quali valgano, esse, a determinare a un tempo i limiti delle une e delle altre.

Queste condizioni lo Spencer ricava dalle esigenze del tipo di società industriale pacifica in cui si suppone realizzato il puro regime del contratto sotto la legge dell'uguale libertà; e quindi il limite dell'evoluzione è in realtà il limite ideale della società industriale del suo tempo; e l'adattamento completo consiste nell'adattamento della struttura biologica e psicologica di tutti i componenti la società umana a questo tipo di convivenza e di cooperazione

Per questo rispetto sono assai significativi due luoghi dello Spencer che qui importa di ricordare.

Nella 2° edizione dei Dati dell'Etica (cioè quando quest'opera fu ripubblicata come parte del Vol. IX del System of Synt. Phil.) si trova aggiunto in appendice un capitolo che porta lo stesso titolo conciliazione che il Cap. XIV; e che era stato dettato prima; ma, smarrito poi al tempo della pubblicazione, fu sostituito da quello che figura nel testo. Ora, in quel capitolo, per provare la possibilità che le attività altruistiche si identificano colle egoistiche, si citano gli insetti sociali (api, formiche, ecc.); soggiungendo che ciò mostra esser possibile che gli organismi diventino talmente adatti alle esigenze della vita sociale che l'energia spiegata per il benessere generale può giungere a subordinare pienamente quella rivolta al bene individuale, così da ottenere un benessere individuale non maggiore di quello che è necessario alla conservazione della vita individuale; ed esser possibile il formarsi negli individui di una organizzazione tale che la ricerca delle soddisfazioni che la natura loro richiede, porti ad esercitare quelle attività che il benessere della comunità richiede (vol. cit., pp. 300-302). Si noti che, aggiungendo in appendice il capitolo che contiene questo passo, lo Spencer non fa riserve di nessun genere, anzi dice esplicitamente che esso può servire a chiarire e compiere il pensiero espresso nel testo (ib., p. 289).

Un altro luogo in cui è ribadito in forma diversa, ma non meno recisa, lo stesso concetto fondamentale, si trova nella seconda lettera di risposta alle critiche del Rev. J. L. Davies sull'obbligazione morale, pubblicata col resto della polemica nella Appendice C. alla giustizia: "Lasciatemi ripetere qui una verità sulla quale ho altrove insistito: che appunto come il cibo è giustamente preso quando è preso per soddisfare la fame, mentre il doverlo prendere quando manca l'appetito implica uno stato fisico disordinato; così una buona azione o un atto di dovere è èatto giustamente soltanto se è fatto per soddisfare un sentimento immediato; mentre se è fatto per la considerazione di certi risultati finali in questo o in un altro mondo implica uno stato morale "imperfetto". (A System, ecc. Vol. X, App. C. The Moral Motive, p. 450 - Nella trad. it. della giustizia edita dal Lapi questa appendice è omessa). Per conseguenza non è un certo tipo di vita completa che serve a determinare il tipo ideale della società giusta, ma è il tipo considerato come ideale di società giusta che determina la vita completa. Adunque, poiché la conciliazione dei diversi ordini di fini è subordinata all'attuarsi delle condizioni che definiscono il tipo ideale di società ed è relativa a queste, è il tipo ideale di società che in effetto è assunto come fine, e sono le condizioni proprie di quel tipo che servono a determinare le norme.

Ma se così è, quanto alla determinazione delle norme il postulato dell'adattamento completo, posto che si possa assumere, non serve a nulla; equivale semplicemente a supporre che tutti gli individui i quali compongono la società ideale abbiano una natura così fatta, che l'osservanza della condotta corrispondente costituisca per essi un bisogno o un desiderio superiore a ogni altro, senza possibilità di conflitto con altri bisogni o desideri; cioè tiene nella costruzione etica lo stesso posto che nei sistemi morali è comunemente tenuto dal dovere, e nelle scienze precettive in genere dalla supposizione che esista un desiderio o un bisogno specifico corrispondente al fine da cui si ricavano le norme.

E quindi allo stesso modo che l'esistenza e la natura specifica dei motivi da cui può dipendere l'osservanza di una norma, non hanno che fare colla determinazione teorica di essa, così l'ipotesi dell'adattamento completo dei bisogni e desideri individuali a certe condizioni di convivenza e cooperazione sociale, non ha che fare colla determinazione di queste norme. Perché le norme sono ricavate appunto da quelle condizioni, alle quali si suppone avvenuto l'adattamento; e che perciò servono esse di criterio e per determinare le norme e per conoscere se l'adattamento è raggiunto.

Capitolo VII

Ma perché assume lo Spencer come proprio della società ideale un adattamento completo, che, mentre esclude arbitrariamente ogni evoluzione ulteriore, non serve a definire questa società ideale perché è definito esso stesso in relazione con quella?

Perché soltanto quando esso sia raggiunto, la condotta umana in tutta la sua estensione apporta a sé e agli altri nel presente e nel futuro puro piacere, piacere non misto a dolore di sorta; e per lo Spencer, come s'è visto, il giusto assoluto esclude il dolore. E perciò il tipo ideale contemplato dall'Etica assoluta non può essere se non quello nel quale la condotta apporta puro piacere.

L'adattamento completo darebbe dunque al tipo ideale di convivenza e cooperazione sociale quel carattere di universale e preminente desiderabilità, che deve avere il fine assunto dall'Etica. Lo dà veramente?

Benché a prima vista possa parere strano il dubbio e inutile la discussione, bisogna riconoscere che un tipo di esistenza individuale e sociale nel quale tutta quanta la condotta in tutta la sua estensione porti sempre e soltanto piacere, non è, date le leggi psicologiche conosciute, e non può essere, un fine universalmente desiderabile sopra ogni altro.

Lascio di discutere se, supposta una condotta, diciamo così per brevità, totalmente piacevole, il piacere stesso non verrebbe a sparire, come stato di coscienza distinto, per mancanza di quel contrasto e di quell'alternanza fra gli stati psichici (così bene illustrata tra gli altri dall' Hóffding), senza della quale anche i godimenti più forti illanguidiscono e vaniscono nella ripetizione abituale; e di considerare se la forma di vita corrispondente non riuscirebbe a sopprimere in ultimo anche ogni forma di coscienza riflessiva e di deliberazione volontaria, cioè l'intelligenza stessa e la volontà, almeno nelle loro forme più elevate, riducendo la vita a una sorta di automatismo istintivo, al quale corrisponderebbe la fissazione stereotipa di modelli d'uomini meccanizzati. Certo, se si bada che l'attenzione attiva è sempre, in grado maggiore o minore, sforzo, e che lo sforzo è alimentato principalmente, se non unicamente, dal dolore e non dal piacere, bisogna riconoscere che la capacità dello sforzo e l'esercizio dell'attenzione tenderebbero a svanire collo sparir del dolore; e il vigore dell'intelligenza si affievolirebbe; come già si può osservare in quelle persone sfaccendate e sonnolente, le quali abbiano in pronto senza alcuna fatica o cura tutto quel che desiderano, e non sentano l'aculeo di altri bisogni, e di aspirazioni diverse.

E lo stesso discorso sarebbe da ripetere a maggior ragione per la volontà.

Certamente le leggi psicologiche conosciute tendono ad escludere, per le ragioni accennate sopra a proposito dell'adattamento completo, che un tale stato possa avverarsi; ma, dato che potesse attuarsi, non ci sarebbe nessuna ragione per negare, in forza delle medesime leggi, l'eventualità se non della soppressione, di un oscuramento progressivo delle facoltà psichiche più elevate. E allora si presenta subito la questione, se, ammessa pure soltanto la possibilità che a un tale stato si accompagnasse questo effetto, potrebbe una forma di esistenza siffatta apparire desiderabile sopra ogni altra.

Si potrebbe dire: Che importa l'oscuramento e anche la soppressione dell'intelligenza e della volontà, purché sparisca il dolore? E quando non vi siano altri bisogni e altri desideri che quelli appunto che trovano già una soddisfazione adeguata, ossia, quindi, non ci sia più nemmeno la possibilità di rappresentarsi bisogni e beni diversi, non è una tal vita nel suo genere beata; anzi la sola beata perché è esclusa la capacità di provare altri bisogni?

Ora che un tale stato possa, anzi debba apparire il più desiderabile quando si supponga l'adattamento già raggiunto, è fuori di contestazione; ma qui si tratta di vedere se un tale stato possa essere preferibile per chi ne è fuori, e dovrebbe proporsi come scopo di raggiungerlo. Se, cioè, a chi esercita certe forme di attività possa parere desiderabile sopra ogni altro un tipo di vita, nel quale per avventura quelle attività fossero oscurate o soppresse. In questo caso possono valere l'osservazione notissima del Mill e la ragione colla quale la conforta; che, certo, non avrebbero valore nel primo caso.

Ma anche lasciando questo aspetto della questione, non bisogna dimenticare che appunto perché il piacere puro è il correlato subiettivo dell'adattamento completo, la medesima condizione di una condotta totalmente piacevole, - per le ragioni dette a proposito dell'indeterminatezza nel numero e nella specie dei fini, rispetto ai quali l'adattamento potrebbe essere raggiunto - può concepirsi attuata non in una sola ma in più forme di vita fra di loro diverse; e resterebbe sempre da trovare un criterio comparativo della desiderabilità, o da ammettere che tutti i tipi di vita, per i quali si concepisce possibile una conciliazione fra i tre ordini di fini (anche se la conciliazione fosse ottenuta allo stesso modo che nelle società animali), siano ugualmente desiderabili. Il che importerebbe la legittimazione a pari titolo di forme di condotta fra di loro diverse e anche opposte; e si dovrebbe ricavare d'altronde che dal piacere puro il fondamento della legittimazione.

E qui tocchiamo un argomento il quale si allarga fuori del campo particolare della dottrina dello Spencer e riguarda nello stesso tempo una questione più generale: la natura del fine.

Siccome il carattere che si richiede nel fine assunto a giustificare le norme morali è, come s'è ripetutamente detto, quello della universale e preminente desiderabilità sopra ogni altro, si pensa che esso debba essere il fine dei fini, il fine ultimo e supremo; uno stato definitivo, oltre il quale, e al di là, non ci sia più nulla da desiderare e da cercare. E allora non resta che questa alternativa; o si cerca un fine il quale contenga e comprenda in sé tutti i fini; e prendono forma i fantasmi di felicità, di beatitudine, di perfezione, nei quali si figurano definitivamente appagati tutti i desideri, e scomparsi o sommersi quelli che non vi trovano appagamento; oppure si considera come fine la forma colla quale si presenta alla coscienza la soddisfazione di qualsiasi desiderio; cioè il piacere o la liberazione dal dolore.

Ma tanto l'una quanto l'altra delle soluzioni non sono che apparenti, o si risolvono in una vana tautologia. Porre come fine la felicità senza determinare quale sia o in che consista la felicità di cui si discorre, è certamente un modo per conciliare verbalmente tutte le differenze di opinioni e superare tutte le difficoltà; ma nella realtà non le concilia e non le supera, più di quel che valgano a togliere le diversità di opinioni politiche e a raccogliere i partiti ad unità di intenti certi "ordini del giorno" in cui si afferma all'unanimità essere fine supremo per tutti il "bene della patria" o la "prosperità della nazione" o altre formule somiglianti.

E se si determina in che si faccia consistere la felicità, quali siano i fini che si comprendono nel fine unico chiamato con questo nome, allora delle due l'una: o i diversi fini così compendiati e compresi nel fine unico, sono veramente unificati, e, perché ciò sia, occorre che essi possano ridursi ad uno, e quindi che si possa dimostrare che uno fra essi è causa o condizione degli altri, o che tutti dipendono da una medesima condizione o ordine di condizioni; e in questo caso la felicità è caratterizzata o da quel fine o dal conseguimento di questa condizione, che diventa esso fine, perché su esso si riversa la desiderabilità di tutti; e il termine felicità non è che un duplicato di quel certo fine o di questa condizione. Oppure i diversi fini non sono che sommati insieme, e giustapposti l'uno all'altro, rimanendo in realtà distinti e senza che si veda la necessità della loro connessione; e allora l'unità non è che verbale, e in realtà invece di un fine, si hanno più fini, ciascuno nel suo genere, supremo.

Si dirà che si dà alla felicità non il senso di un certo contenuto determinato che la costituisca, ma il senso di appagamento dei desideri, di soddisfazione dei bisogni, senza che si definisca quali ne siano per essere il numero e le specie: nel qual senso si può affermare che la felicità rimane sempre il fine ultimo pur restandone indeterminato il contenuto? E si riesce allora alla seconda alternativa, di considerare come fine ciò che si ammette esservi di comune e di costante nel raggiungimento di qualsiasi fine; cioè, come s'è detto, la forma sotto la quale si presenta la soddisfazione di qualunque desiderio: il piacere o la liberazione dal dolore. Ma dire che il fine ultimo è il piacere è come dire che il fine ultimo è il godimento che accompagna il raggiungimento del fine o dei fini, o che lo scopo dei desideri è... la soddisfazione dei desideri. E allora si vede perché il puro piacere non possa dare un criterio di legittimazione e di valutazione comparativa dei fini e quindi delle forme di condotta. Perché, o si prende come criterio la quantità del piacere, la intensità della soddisfazione, senza badare alla natura del desiderio a cui corrisponde, e non è possibile assegnare un solo desiderio che abbia lo stesso valore, nonché per due coscienze diverse, neppure per la stessa coscienza in momenti diversi. O si valuta la soddisfazione secondo i desideri cui corrisponde, e allora ciò che distingue un desiderio dall'altro non è la soddisfazione ma l'oggetto a cui il desiderio si rivolge; non l'effetto soggettivo gradevole, ma le condizioni che lo producono, non è il godimento del bene, ma il bene.

Ora è qui che si nasconde l'equivoco: nell'identificare il bene col piacere; il fine, cioè l'ordine di effetti che costituisce l'oggetto del desiderio, collo stato soggettivo che è il godimento (quando ci sia) del fine raggiunto. È bensì vero che un bene di cui si concepisse che nessuno mai potesse godere in nessun modo, non avrebbe valore di bene; ma è non meno vero che un godimento del quale non si sapesse assegnare nessuna causa o condizione o mezzo atto a produrlo, non potrebbe mai essere proposto o assunto come scopo di un'attività qualesivoglia. Ora quando si parla di un fine desiderabile sopra ogni altro al quale sia ordinata la condotta, non si può intendere che un bene, il quale sia bensì, direttamente o indirettamente causa o mezzo o condizione di godimento, senza di che non sarebbe bene; ma che non può consistere nel godimento stesso, ma in un certo effetto o ordine di effetti determinabile e possibile, che possa costituire l'oggetto di una ricerca attiva, cioè di una certa condotta.

Senonché bisogna evitare anche qui lo stesso equivoco che conduce a riporre il fine nella felicità o nel piacere; l'equivoco che questo effetto o ordine di effetti debba costituire un fine ultimo, uno stato definitivo, al di là del quale non siano assegnabili altri fini. Uno stato, o un ordine di effetti definitivo è contraddittorio non soltanto colle leggi della vita, per le ragioni già dette, ma col presupposto stesso fondamentale che si assume di necessità quando si voglia determinare scientificamente un sistema di norme. Perché qualunque fine rappresentato come umanamente possibile, appunto perché deve essere concepito come un effetto, che si produce, date certe condizioni, è a sua volta pensato come condizione di altri effetti, cioè mezzo ad altri fini. Pensare un effetto naturalmente possibile che sia ultimo, è come pensare chiusa e finita a un momento dato la serie della causazione, abolita e spenta, in un effetto che sia stato prodotto, ogni efficacia causativa; e allora vien meno ogni ragione di pensare come dipendente da certi mezzi, cioè da certe cause, anche l'effetto stesso che si considera come fine ultimo; e quindi è tolto ogni fondamento a qualsivoglia determinazione di rapporti tra mezzi e fini, e perciò anche a qualsiasi determinazione di norme.

Si dirà che si intende "ultimo" rispetto alla valutazione, cioè tale a cui si riconosca valore per sé, indipendentemente da ogni considerazione ulteriore. Ma se si ammette che da quel fine, quando sia raggiunto, dipendono altri effetti, nell'atto stesso che lo si pensa condizione di tali effetti ulteriori, la valutazione di questi (che non può essere esclusa) muta il valore del fine e gli dà nello stesso tempo valore di mezzo.

Dal che nasce questa conseguenza assai notevole: che la desiderabilità di un ordine di effetti, che si assuma come fine, non viene tanto dalla desiderabilità che gli si riconosca come bene, cioè come oggetto diretto e immediato di godimento, quanto dalla desiderabilità degli effetti, dei quali esso apparisca la condizione necessaria. E che perciò, mentre è vano andar cercando quale sia il fine ultimo, il quale non si trova mai, o si risolve in una pura espressione verbale, il fine che può valere come supremo si deve cercare non nell'uno o nell'altro degli scopi a cui si riconosca valore per sé, ma in un ordine di effetti, in un sistema di condizioni, dato che sia assegnabile, nel quale si possa riconoscere questo carattere appunto di condizione necessaria, non di alcuni, ma di tutti quei beni, ai quali si attribuisce valore per sé. E quindi il fine che può avere universalmente una desiderabilità superiore a ogni altro, non può consistere se non in un ordine generale e, si potrebbe dire, preliminare di condizioni, la cui attuazione apparisca necessaria perché sia possibile universalmente la ricerca ulteriore di quei beni. Non può essere cioè supremo nel senso di una gerarchia, della quale segni il culmine, né nel senso di una grandezza o quantità, di cui sia il massimo, ma nel senso della precedenza necessaria o della indispensabilità; per la quale venga a raccogliersi su di esso come in un unico foco la luce e il calore di desiderabilità che irraggia dai fini ai quali apre universalmente la via.

E perciò, ammesso che qualsivoglia fine umano abbia, come ha in realtà, per condizione la convivenza e la cooperazione sociale, il fine che può avere questo valore di precedenza necessaria sugli altri deve essere di necessità il raggiungimento o il mantenimento di certe condizioni di convivenza e di cooperazione sociale, cioè di una qualche forma di società. Ma perché ad una forma di società possa essere riconosciuto questo carattere universalmente, occorre che le condizioni della sua esistenza abbiano per tutti un valore potenzialmente uguale: ossia che nessuno dei fini, dei quali quella forma di cooperazione pone la possibilità e dai quali attinge il suo valore, sia, per dato e fatto delle esigenze di essa forma, precluso o impedito a nessuno dei componenti la società. O, in altri termini, sia qualsivoglia il fine che si suppone cercato, ciascuno trovi nelle condizioni proprie di quella forma sociale la medesima esteriore possibilità di rivolgere a quella ricerca l'attività propria, che vi trova qualsiasi altro.

L'analisi ci ha dunque portato a queste conclusioni: a riconoscere che il limite dell'evoluzione, l'adattamento completo, la massima felicità, né fornisce un criterio di determinazione delle norme, né basta come principio di giustificazione; a riconoscere la legittimità del concetto, che bisogna assumere come fine un tipo ideale di società; e a stabilire le esigenze fondamentali, alle quali questo tipo deve soddisfare.

Ed ora è facile vedere per quali ragioni il tipo sul quale in realtà lo Spencer ha modellato la sua società giusta non soddisfaccia a queste esigenze.

Capitolo VIII

In un articolo di risposta ad alcune critiche mosse ai dati dell'Etica lo Spencer polemizzando col prof. Means così si esprimeva a proposito del modo di intendere la giustizia: "A molti sembra ingiusto che la dura fatica di un bifolco gli faccia guadagnare in una settimana meno di quanto un medico guadagna facilmente in un quarto d'ora. Molti sostengono essere ingiusto che i figli del povero non possano avere i vantaggi dell'educazione che hanno i figli del ricco. Ma queste deficienze nelle quote di felicità che alcuni ritraggono dalla cooperazione, siccome derivano da ereditata inferiorità di natura, o da inferiorità di condizioni in cui i loro antenati inferiori sono caduti, sono deficienze colle quali la giustizia, come io la intendo, non ha nulla che fare. L'ingiustizia che trasmette alla discendenza malattie e deformità, l'ingiustizia che infligge alla prole le conseguenze penose della stupidità e della cattiva condotta dei genitori, la ingiustizia che costringe quelli che ereditano delle incapacità, a lottare colle difficoltà che ne derivano, l'ingiustizia che lascia in relativa povertà la gran maggioranza, le cui facoltà, di ordine inferiore, apportano ad essi scarsi profitti, è una specie di ingiustizia estranea alla mia tesi".

"Noi dobbiamo accettare, come possiamo, lo stato di cose stabilite, quantunque in forza di esso, una inferiorità della quale l'individuo non ha colpa produca i suoi mali, e una superiorità della quale egli non può vantare nessun merito, apporti i suoi benefizi; e dobbiamo accettare, come possiamo, tutte quelle disuguaglianze che ne derivano nei vantaggi che i cittadini si procacciano colle loro rispettive attività".

Ho citato questo passo, non perché gli stessi concetti qui espressi non siano, esplicitamente o implicitamente, sostenuti in tutta quanta la sociologia e la morale dello Spencer, ma perché forse in nessun altro luogo appare più manifesto il presupposto che vizia la sua concezione della società ideale. Assumendo come elemento del concetto di giustizia - accanto a quello dell'uguale libertà - la condizione ricavata dalla biologia, che la vita progredisce e si eleva soltanto a patto che gli individui superiori godano i vantaggi della loro superiorità e gli inferiori subiscano i danni della loro inferiorità, egli identifica la inferiorità fisiologica e psichica colla inferiorità sociale; la inferiorità che si potrebbe chiamare nativa o costituzionale colla inferiorità che si potrebbe dire di posizione.

Ora, che un uomo debole non possa vincere le medesime resistenze che uno forte, che un bambino poco intelligente impari meno e peggio di un intelligente, è naturale e necessario; ma non si può dire che sia giusto né ingiusto. Che i figli ereditino l'ingegno o l'ottusità, la sensibilità o l'insensibilità, il vigore o l'infermità dei genitori, e che i primi godano i vantaggi e i secondi sopportino i danni che sono conseguenza rispettivamente di questa loro superiorità o inferiorità ereditata, sarà del pari biologicamente necessario, ma non è ancora né giusto né ingiusto; diventa bensì giusto o ingiusto rispettare o violare questa relazione naturale, soltanto se si considera questa relazione come condizione di una elevazione progressiva della specie che sia assunta come effetto universalmente desiderabile, cioè come fine.

Ma che i figli del contadino non abbiano la possibilità di venire istruiti o educati, non dipende dalla costituzione fisica e mentale loro propria, ereditata o no, ma dipende da una inferiorità sociale, la quale toglierebbe ad essi questa possibilità anche se la loro costituzione fisica e mentale fosse attissima a questa cultura. Ora, mentre l'analogia della selezione biologica importerebbe che i figli del contadino al pari di quelli del lord potessero porsi allo stesso cimento, salvo a ricavare dalle loro rispettive capacità e sforzi frutti maggiori o minori, la diversità delle condizioni sociali esclude gli uni dalla gara e toglie non solo la necessità ma la possibilità che l'opera di selezione si rinnovi tra i superstiti di ogni nuova generazione sull'unico fondamento delle loro rispettive attitudini e attività. Sul che non è necessario insistere dopo le critiche note e ripetute; ma valga l'accenno per rilevare che a torto lo Spencer identifica colla inferiorità biologica, o, meglio, costituzionale, l'inferiorità che deriva dalle condizioni sociali, e crede che possa valere a giustificare le conseguenze della seconda lo stesso fine che invoca a giustificare le conseguenze della prima. Perché la limitazione alla sfera dei beni conseguibili che è, imposta da condizioni esteriori è cosa affatto diversa dalla limitazione che nasce dalla capacità e dalle doti intrinseche; e se questa è giusta, posto che si prenda per fine superiore a ogni altro l'elevazione della specie (e dato che ne sia condizione), quella è giusta soltanto se si considera come fine superiore quella certa forma di cooperazione sociale che la rende necessaria. Anzi quella limitazione d'origine sociale che si ponga come giusta per quest'ultimo rispetto, appare ingiusta per l'altro. E l'ammettere che sia giusta la condizione "che ciascuno sopporti i danni della sua inferiorità e goda i vantaggi della sua superiorità" non include, ma piuttosto esclude l'altra condizione, a torto dallo Spencer compresa o conglobata con quella: che ciascuno sopporti i danni o goda i vantaggi che sono conseguenza di una inferiorità o di una superiorità, la quale risulta non dalle sue doti fisiche e mentali, ma dall'assenza o dalla presenza di certe circostanze esteriori.

E in verità sarebbe da meravigliare che lo Spencer non abbia rilevato la differenza, o non ne abbia tenuto conto, se non si ricordasse che il punto di partenza, il foco centrale da cui muove e attorno a cui si raccoglie la sua speculazione, è, come s'è detto in principio, un ideale etico, anzi propriamente sociale e politico; onde l'intento principale diventa quello di trovare la giustificazione del suo ideale nelle leggi della vita, e per esse nelle leggi stesse dell'universo.

Ora il suo ideale sociale e politico è in sostanza quello stesso del liberalismo, in cui crebbe e si maturò il suo pensiero, che era già compiuto e definito nelle sue parti quando uscì il prospectus (1860); e perciò nel costruire la sua "società di uomini giusti", per quel che si attiene alla struttura sociale, egli non fa che supporre realizzati i desiderati teorici, o già riconosciuti espressamente, o ricavati logicamente dai postulati economici e politici di quel liberalismo. Il quale era bensì arditamente coerente nella affermazione dei principi e dei corollari riassunti nella formula della giustizia (la uguale libertà per tutti), ma considerava o come anteriori ed estranee a questa legge, o come naturali ad un tempo e conformi ad essa, le diversità storicamente date di condizione economica degli individui e delle classi sociali. Onde lo Spencer non tenne conto della disuguaglianza effettiva, che nell'esercizio di quella libertà, formalmente uguale per tutti, porta l'esistenza di quella diversità, che egli credeva giustificata dalle leggi biologiche.

Ne segue che mentre nella sua società ideale egli costruisce l'individuo giusto facendo astrazione da tutto ciò che nei fini individuali vi può essere di incompatibile non solo colla cooperazione, ma anche colla simpatia; nel costruire invece la società giusta fa bensì astrazione da ogni ferma di aggressione esterna e interna che si eserciti, dato lo stato di cose stabilito, ma non fa astrazione da quelle condizioni che importano una reale limitazione diversa nella sfera delle attività e dei fini conseguibili dei singoli; e però la sua non è una società giusta, ma una società di uomini giusti; giusti, direi, secundum quid; la cui giustizia, cioè, è modellata sulle esigenze di una certa struttura sociale, nel configurare la quale egli non tien conto di quelle condizioni che pur suppone soddisfatte nel formare il tipo dell'uomo giusto.

E così si avvera qui una incoerenza del genere che si è accennato più sopra (IV, 8): che le norme della sua giustizia siano applicate a regolare delle relazioni derivate, le quali esistono e sono possibili in grazia di relazioni primarie e fondamentali, che le norme non contemplano e che sono la negazione del criterio applicato in quelle. Perché, mentre suppone che gli individui seguano nella loro condotta una perfetta imparzialità subordinando alle esigenze della giustizia o dell'uguale libertà - fine prossimamente supremo - tutti gli altri fini generali e particolari, suppone poi, come proprie di una tale cooperazione di uomini giusti, condizioni che sono in tutto o in parte la negazione dell'imparzialità, e che non esisterebbero se lo stesso criterio dell'imparzialità fosse seguito nel costruire il tipo della società giusta.

È in questo senso che, accennando incidentalmente altrove all'Etica assoluta dello Spencer, notavo come un vizio di essa non un eccesso, ma piuttosto un difetto di astrazione; perché egli assume abusivamente come esigenze costanti e universali di ogni forma di cooperazione, e quindi anche del suo tipo ideale, le condizioni proprie di un certo momento storico; e pone come dati fondamentali di una cooperazione regolata dalla legge della uguale limitazione per tutti, delle condizioni che importano una limitazione disuguale.

Stando così le cose, il raggiungimento o l'approssimazione a un tale tipo di società, non può apparire come fine universalmente preferibile, né le norme che esprimono la condotta richiesta da quel tipo possono avere carattere di universale osservabilità sopra ogni altra. E ciò da un doppio punto di vista.

Agli individui delle classi sociali poste, per effetto di quella disuguale limitazione, in condizione di inferiorità, questa inferiorità che non è conseguenza della propria condotta, deve apparire una menomazione ingiusta dei diritti; agli individui delle classi sociali poste in condizioni di superiorità, questa superiorità, che parimenti non è conseguenza della propria condotta, deve apparire, se la coscienza si elevi a una imparzialità universale e coerente, una menomazione ingiusta dei doveri.

E nasce di qui quel segreto rancore in chi riceve, e quel senso indefinito di malcontento e quasi di rimorso in chi dà, che avvelenano talvolta dalle sorgenti la simpatia, oscurando la serenità della beneficenza se la accompagni il dubbio che essa non sia se non un compenso parziale e tardivo di ingiustizie patite e di ingiustizie godute.

La simpatia non può essere schietta dove non regna la giustizia; e non si possono definire le forme e i limiti della beneficenza se non dopo che siano definite, e siano o si suppongano osservate le norme della giustizia; onde la necessità logica che il tipo ideale della società giusta sia determinato all'infuori da ogni supposta efficacia modificatrice che la simpatia e la beneficenza esercitino sulle condizioni e sulla condotta dei singoli e della società. Soltanto così è possibile accertare se il tipo di cooperazione assunto come ideale possa essere universalmente desiderabile, e soltanto così è possibile determinare dove la giustizia finisca e la beneficenza cominci; dove finiscano le relazioni di diritto e dove comincino le relazioni di simpatia.

Ora il tipo di società ideale dello Spencer presenta anche questo difetto che deriva inevitabilmente dal primo; di supporre realizzate le condizioni della perfetta simpatia in una società nella quale non sono realizzate le condizioni della giustizia. La sua società è una società più o meno ingiusta di uomini perfettamente simpatetici; dalla quale egli ricava per un verso le norme della giustizia, e per l'altro le norme della simpatia; invece di essere una società giusta di uomini giusti, quando si tratti di determinare le norme della giustizia; e una società giusta di uomini perfettamente simpatizzanti quando si tratti di determinare le norme della simpatia e della beneficenza.

Ma anche supposto che per questa guisa la perfetta simpatia venga a sanare gli effetti delle inferiorità imposte dalla cooperazione sociale, il tipo che ne risulta presenterebbe sempre questo difetto: che la ricerca e il raggiungimento di alcuni dei fini, ai quali la cooperazione serve, apparirebbe per una parte dei cooperanti subordinata alla benevolenza di un'altra parte. Il qual difetto basterebbe per togliere, nel giudizio di una coscienza imparziale, a quel tipo di cooperazione il carattere di universale preferibilità.

Ma il difetto era, come s'è detto, dato il presupposto dello Spencer, inevitabile. La simpatia è per lui il mezzo di conciliazione dell'egoismo coll'altruismo. Ma poiché i limiti rispettivi dell'egoismo e dell'altruismo sono segnati dalle esigenze del suo tipo sociale, la perfetta simpatia è in ultimo la condizione dell'adattamento psicologico dei singoli a queste esigenze. Ed è caratteristico a questo riguardo il fatto che il capitolo, nel quale si tratta dello svolgimento progressivo della simpatia come fattore della conciliazione, porta lo stesso titolo e sostituisce nei dati il capitolo smarrito e aggiunto poi in appendice, che ho citato più sopra, nel quale si cita come esempio di conciliazione tra l'egoismo e l'altruismo l'adattamento alle esigenze della vita sociale delle api e delle formiche. Per questo rispetto direi, se non sembrasse un paradosso, che il grande assertore e propugnatore dell'individualismo, è in fondo, senza che se ne accorga, un difensore della subordinazione totale e definitiva dell'individuo a un tipo di cooperazione sociale, che egli considera bensì come la condizione necessaria alla vita più elevata dell'individuo e della specie, ma che in realtà vincola il grado di elevazione della vita di un gran numero se non di tutti gli individui, alle esigenze di una certa struttura economica.

E quando egli combatte l'intervento della società nel regolare i rapporti economici, in nome dei diritti dell'individuo, dimentica che una parte considerevole di quei diritti sono in realtà diritti di alcuni soltanto, e non di tutti, e che questa disparità ha la sua radice nella costituzione economica, che lo stato, come egli lo vuole, interviene pure a sancire e a difendere. La quale osservazione, giova notarlo, non vale per sé né pro né contro il cosiddetto socialismo di stato; vale soltanto a provare che l'individualismo dello Spencer non è, come pare, un individualismo universale, ma un individualismo particolare.

Così, il difetto capitale del tipo di società dello Spencer come in genere del cosiddetto "stato di diritto" nasce non da quel che afferma, ma da quel che dimentica; non dal riconoscere e difendere le esigenze della uguale libertà per tutti, ma dal non riconoscerle tutte; cioè dal trascurare o dall'omettere, come se fossero soddisfatte, mentre non sono, le condizioni che rendono possibile l'uguale libertà.

E, ad esprimerlo in termini kantiani, il difetto si riduce a questo: Dove vi è cooperazione con effettiva parità di diritti, ciascuno dei cooperanti ha ad un tempo, riguardo a qualsiasi degli scopi della cooperazione, per un rispetto ragione di mezzo e per l'altro ragione di fine. Se invece le esigenze della cooperazione interdicono a qualsivoglia dei cooperanti la ricerca di una parte dei beni, a cui è condizione necessaria la cooperazione di tutti, per questa parte l'escluso ha soltanto ragione di mezzo, e non ragione di fine.

Il che avviene appunto, malgrado il riconoscimento formale, o meglio, verbale, della uguale libertà, anche nella società ideale dello Spencer. La quale perciò non può aver valore di universale e preminente desiderabilità perché non soddisfa alla condizione richiesta: che tutti i soci trovino nelle condizioni di esistenza della società la medesima o equivalente possibilità esteriore di rivolgere la loro attività alla ricerca di qualsivoglia dei beni, ai quali la cooperazione sociale è mezzo.

Questo è il postulato caratteristico della universale desiderabilità di una forma di convivenza, ossia è il postulato caratteristico della giustizia; e supporre una società giusta di uomini giusti equivale a supporre riconosciuta e applicata universalmente e costantemente in qualunque specie di azione o di influenza che si eserciti, così dalla società come da ciascuno dei singoli, l'esigenza di quel postulato.

Capitolo IX

La società giusta così intesa non rappresenta dunque un tipo definitivo della vita più elevata possibile, analogo ai tanti regni dell'Utopia che la fantasia morale è venuta fingendo nei diversi tempi. Anzi per questo rispetto una maggiore o minore elevatezza, complessità o intensità di vita, di attività, di fini, non è affatto implicita nel postulato né si può ricavare da esso; e si può concepire (e non ne mancano in effetto gli esempi) una forma di società in cui sia, almeno parzialmente, raggiunto un grado assai elevato di civiltà, la quale sia tuttavia meno giusta di un'altra più semplice e meno civile. Appunto perché la giustizia riguarda la universale possibilità di cercare i beni, ai quali è condizione la convivenza e la cooperazione sociale, e non include che questi beni siano di molte o di poche specie, di maggiore o di minor pregio.

Onde è pienamente compatibile col postulato anche la concezione pessimistica della vita; perché, anche dal punto di vista del pessimismo, uno stato di giustizia, che è la condizione necessaria della universalità della simpatia e quindi della compassione, deve apparire preferibile a ogni altro. E se anche si riguardasse come fine ultimo la negazione universale della volontà di vivere, lo stato di giustizia apparirebbe la condizione più favorevole perché l'uomo prenda coscienza della necessità naturale e inevitabile della propria infelicità, spogliandosi dell'illusione che essa sia occasionale e contingente, ed effetto di malvagità degli uomini o di iniquità degli istituti sociali. E questa desiderabilità dello stato di giustizia anche rispetto al pessimismo è forse una conferma non trascurabile del valore di universale preferibilità che gli si è riconosciuto, e a un tempo della sua indipendenza da ogni particolare concezione metafisica.

Adunque, poiché uno stato di giustizia non è caratterizzato da altro se non dall'ipotesi che le esigenze di quel postulato siano soddisfatte, non si può né si deve pretendere di ricavare dal postulato un contenuto determinato, ma soltanto la forma generale delle norme. Il contenuto specifico deve essere ricavato dai fini, ai quali si riconosce o si suppone che la cooperazione sociale sia o debba essere mezzo, e in relazione ai quali si possano definire le condizioni richieste dal postulato della giustizia.

Quali siano questi fini non si può stabilire se non o per constatazione o per ipotesi. Per constatazione, quando corrispondano all'osservazione della realtà psicologica in un dato momento storico, ossia in una forma di civiltà. Per ipotesi, quando si voglia cercare preliminarmente quali sarebbero le condizioni richieste dalla possibilità di ciascuno dei fini isolatamente preso o di un gruppo. (Ed è inutile a questo proposito insistere qui sulla eventuale opportunità o necessità di ricorrere a tali ipotesi specialmente nelle ricerche, come questa, nelle quali non è possibile la sperimentazione).

Ma tanto nell'uno quanto nell'altro caso le condizioni che se ne ricavino e che vengano stabilite come proprie del tipo di società giusta considerato, presentano questo carattere: che non sono date, ma costruite, che non sono reali, ma ideali. Ora, se noi determiniamo quali siano le norme di condotta corrispondenti a quelle condizioni, queste norme esprimeranno quale sarebbe il modo di operare nella supposizione che esse siano già date e reali, e non quale sia il modo di operare che tende a realizzarle, mentre sono date condizioni più o meno diverse.

La prima determinazione è oggetto di un'Etica pura; la seconda di un'Etica applicata, nella quale si consideri come fine il raggiungimento delle condizioni ideali che sono assunte nell'Etica pura, e si stabilisca per approssimazione quale sia in un dato momento storico la condotta sociale e individuale, che, nei limiti necessariamente imposti dalle condizioni reali date, è più atta a favorire la trasformazione di queste nella direzione segnata da quelle.

Soltanto così l'Etica può evitare un errore del genere di quello nel quale cadevano gli economisti della Scuola classica; i quali, dopo aver supposto l'homo aeconomicus mosso unicamente dall'interesse personale, il che avevano diritto di fare, lo considerarono poi come reale e diedero valore di leggi naturali e necessarie alle conclusioni ricavate da questo e dagli altri dati astratti supposti. Ora appunto perché le condizioni soggettive e oggettive dell'homo iustus e della societas iusta, sono supposte e non reali, le norme che esprimono quale sarebbe la condotta dell'homo iustus e della societas iusta non sono immediatamente né integralmente applicabili in condizioni diverse dalle supposte. I "doveri" e i "diritti" dell'uomo giusto nella società giusta non coincidono coi doveri e i diritti dell'uomo storico in determinate condizioni storiche; alla stessa guisa che i "diritti naturali" dei filosofi dello stato di natura non coincidevano coi diritti positivi delle società in cui vivevano. Ma se si dà valore di fine all'attuazione, delle condizioni proprie della societas iusta, i doveri e i diritti dell'homo jusius diventano il modello al quale si riconosce desiderabile che cerchi di avvicinarsi il sistema di doveri e di diritti che vale come giusto in una società reale data. Alla stessa guisa, se la costituzione di una società foggiata in conformità all'ipotesi dello stato di natura e del contratto, si fosse riconosciuta (con verisimiglianza maggiore ed evitando la confusione fra giustificazione etica e spiegazione storica) come fine da raggiungere invece che come stato originario, il "diritto naturale" ricavatone sarebbe legittimamente apparso come il tipo idealmente giusto, al quale il diritto positivo doveva avvicinarsi e adattarsi.

Adunque, quando si eviti l'errore di scambiare i dati ipotetici coi dati reali, e la pretensione utopistica di applicare direttamente e integralmente le conclusioni ricavate dai primi alle relazioni che sono imposte dai secondi, appare evidente ad un tempo e la legittimità della distinzione, e la priorità logica dell'Etica pura sull'Etica applicata.

Raccogliamo in breve i risultati dell'analisi.

Una scienza normativa etica non differisce dalle altre scienze precettive se non per il valore che si attribuisce al fine suo: il quale deve essere desiderabile universalmente prima e a preferenza di ogni altro, se si vuole che sia riconosciuto lo stesso carattere alle norme ricavate da esso. Questo fine universalmente preferibile non può essere che un fine relativamente prossimo, il quale (abbia o no anche valore per sé) sia mezzo o condizione di tutti i fini che si considerano come "ultimi"; e quindi non può essere che una forma di convivenza e di cooperazione, nella quale l'universalità dei singoli possa riconoscere tale requisito. Ma una società siffatta è supposta, non reale, e le norme di condotta che se ne ricavano regolano delle relazioni che sono parimenti assunte per ipotesi, e non sono perciò applicabili direttamente a relazioni più o meno diverse. Tuttavia la loro determinazione è non soltanto utile, ma necessaria; necessaria dal punto di vista scientifico alla determinazione delle norme che debbono regolare le relazioni più complicate della realtà; necessaria dal punto di vista etico alla giustificazione di queste norme; perché esse sono valide in quanto esprimono l'avvicinamento, nei limiti del possibile, di queste relazioni reali a quelle relazioni ideali. Il che viene a dire che l'Etica pura fornisce all'Etica applicata il criterio per determinare le norme, e il valore che le giustifica.

Ma non bisogna dimenticare che le norme, sia dell'Etica pura, sia dell'Etica applicata, hanno il valore che si assegna a loro, nella ipotesi fondamentale che si accetti come valido e fuori di contestazione il postulato della giustizia. Ossia hanno valore se si suppone che ogni "socio" riconosca che una forma di convivenza e di cooperazione nella quale ciascuno abbia, quanto alle limitazioni esterne, valore di fine a pari titolo di qualunque altro, è preferibile a una forma di cooperazione nella quale una parte dei "soci" abbia, per uno o più rispetti, soltanto valore di mezzo e non di fine.

Quindi, è bensì vero che l'assunzione di quel postulato è la condizione necessaria all'universale riconoscimento della norma, e che perciò, se si pone come caratteristica della norma morale l'universalità, rinunciare a quello vuol dire rinunciare a questa; ma ciò non toglie che si debba affermare chiaramente e senza sottintesi che il sistema di norme per tal guisa stabilito ha, come qualunque altro sistema di norme, del quale si richieda una giustificazione, valore ipotetico; e che perciò questo valore è incontestabile solo in quanto si riconosce incontestabile il postulato.

Appare di qui che è vano e illusorio cercare la giustificazione di una norma morale nelle leggi naturali. Perché ciò che giustifica una norma di condotta non è la naturalità, ma la desiderabilità dell'effetto contemplato; e le leggi naturali stesse possono apparire giuste od ingiuste secondoché si assumano come universalmente desiderabili o no i risultati, ai quali la conformità della condotta a quelle leggi conduce, o è creduta condurre. Può essere vero (e non è da discutere qui) che l'essere o no un ordine di effetti desiderabile (ossia, in ultimo, l'essere o no presenti ed efficaci nella coscienza umana certi bisogni, desideri, aspirazioni, credenze), sia un portato necessario della natura stessa delle cose e dell'uomo, e che le tendenze umane si siano, rebus ipsis dictantibus, modellate così da condurre a riconoscere nella osservanza delle leggi naturali un valore di giustizia e di bontà; ma anche in questo caso non è la naturalità, che ne fa ammettere la giustizia e la bontà, ma è la loro, diretta o indiretta, desiderabilità. Onde per questo rispetto nulla vieta che si concepiscano possibili, almeno teoricamente, più Etiche diverse; possibile, per esempio (sebbene l'accoppiamento esplicito dei termini ripugni) un'Etica dell'ingiustizia, quando si assuma come postulato la preferibilità di una comunione sociale in cui una parte non abbia che diritti e un'altra non abbia che doveri. Benché allora l'Etica si sdoppierebbe in due Etiche diverse, anzi opposte: l'Etica degli uomini-fini e l'Etica degli uomini-mezzi; o, per usare le parole del Nietzsche, la Morale dei padroni e la Morale degli schiavi; e la medesima condotta sarebbe, seguita dagli uni, giusta, seguita dagli altri, ingiusta.

Che una "giustizia" di questo genere ripugni alla psiche del socius per una ragione analoga a quella per la quale ripugna alla psiche dell'uomo logico ammettere che un rapporto tra due cose o fatti sia vero per gli uni e falso per gli altri, è credibile; (sul presupposto di quella ripugnanza, si fonda, io credo, la giustificazione etica della coazione e delle sanzioni). E certamente rimane aperto qui un campo ulteriore di indagini intorno ai problemi che riguardano il come e il perché il postulato che assumiamo possa e debba essere accettato; e se alla esigenza che esso esprime si possa o si debba assegnare un ufficio, e quale, nella interpretazione totale del mondo, dell'uomo e della storia. Ma da queste indagini, le quali sono di natura metafisica, la costruzione scientifica dell'Etica, come qui fu abbozzata, può e deve tenersi indipendente, per una ragione analoga a quella per la quale l'igiene è e si mantiene indipendente da ogni questione intorno al fondamento e al valore del postulato assunto da lei, e dal quale deriva il valore normativo dei suoi precetti: - che un organismo sano sia preferibile a un organismo malato. Perciò, finché si rimane nel campo della ricerca scientifica, la sincerità richiede che, anche nell'Etica, malgrado ogni interiore certezza, questa condizionalità del valore delle norme sia esplicitamente riconosciuta, e che anche nei termini si eviti l'equivoco, e fin dalle parole sia bandita ogni pretensione a un valore che non sia condizionato al presupposto assunto.

Per questa ragione, oltreché per fissare rispetto alla dottrina dello Spencer le differenze notate nel modo di intendere il fine, e di concepire la società giusta e l'uomo giusto, e la priorità non soltanto logica ma giustificativa di un'Etica rispetto all'altra, è conveniente sostituire ai termini "Etica assoluta ed Etica relativa" i termini "Etica pura della giustizia ed Etica applicata della giustizia".

E se fosse poi, come è in effetto, necessario od opportuno determinare quali dovrebbero essere le norme di condotta nell'ipotesi che, osservate preliminarmente le condizioni della giustizia, fosse assunto come fine l'adempimento delle condizioni richieste dalla universale solidarietà si avrebbero due ulteriori sezioni dell'Etica: l'Etica pura della simpatia e l'Etica applicata della simpatia.